바람이 불면 바람이 부는 나무가 되지요

바람이 불면 바람이 부는 나무가 되지요

1판 1쇄 발행 2019년 6월 7일
1판 4쇄 발행 2021년 1월 11일

지 은 이 문태준
펴 낸 이 신혜경
펴 낸 곳 마음의숲

대　　표 권대웅
편　　집 전유진 채수희
디 자 인 임정현 박기연
마 케 팅 노근수 김은빈

출판등록 2006년 8월 1일(제2006-000159호)
주　　소 서울시 마포구 와우산로30길 36 마음의숲빌딩(창전동 6-32, 3층)
전　　화 (02) 322-3164~5 팩스 (02) 322-3166
이 메 일 maumsup@naver.com
인스타그램 @maumsup
용지 (주)타라유통 **인쇄 · 제본** (주)에이치이피

＊이 도서의 국립중앙도서관 출판예정도서목록(CIP)은 e-CIP홈페이지(http://www.nl.go.kr/ecip)와
　국가자료공동목록시스템(http://www.nl.go.kr/kolisnet)에서 이용하실 수 있습니다.
　(CIP제어번호: CIP2019019808)

문태준 시인의 받아들여서 새로워지는 것들

바람이 불면
바람이 부는
나무가 되지요

문태준 지음

마음의숲

생각은 계속 일어난다. 숲에 새잎이 생겨나듯이. 바다에 파도가 일어나듯이. 생각은 바람, 빗방울, 분수, 꽃, 낙엽, 눈송이, 촛불, 음音, 분수와 같다. 글쓰는 일로 사는 사람에겐 이것들의 흔적인 문장 또한 계속 태어난다. 입술에 말이 태어나듯이.

생각과 문장에는 어떤 면面이 있다. 그리운 사람의 하얀 얼굴이 언뜻 생겨나는 것처럼. 활동하는 생각을 받아쓴 문장을 이 책의 면에 펼쳐놓는다. 만났던 사람과 불쑥 일어난 일, 매일 시집에서 읽은 한 편의 시, 너라는 거실에서 주고받았던 언어, 격렬함과 슬픔, 두 개의 고독, 서랍에서 꺼낸 옛 시간, 붉은 석류 같은 행복, 악보와 스틸 사진, 미래의 목록 등이 이 책의 면에 올라 있다. 이 면의 펼침이 세상이라는 탁자에 생화처럼, 유리잔처럼 놓이기를 바란다.

나무는 바람이 불면 바람이 부는 나무가 된다. 나는 얼마 전 이 나무를 위해 〈바람과 나무〉라는 제목으로 시 한 편을 썼다. 옮겨 적으니, 나도 바람이 부는 나무가 된다.

바람이 있을 때에 키 큰 나무가 기둥째 기우는 것을 며칠 마음 놓고 본다

어제는 왼편으로, 오늘은 바른쪽으로 나무는 느긋하게, 시간을 두고서, 그러나 바람에 따라 부드럽게 기운다

외투를 벗어 옷걸이에 걸어놓을 적에도,
비스듬히 기운 나무는 서두름이 없이 천천히 바람을 벗고 제 자세로 돌아간다

2019년 6월
문태준

차례

_____1부

꽃은
맑게 준비되어
우아함을 내밀었다

_____2부

웃음으로
서로 바라볼 뿐

_____ 3부

또 다른
내일이 온다

_____ 5부

가만히
내 마음
옆에 서서

꽃은 맑게 준비되어 우아함을 내밀었다

유자와
한 알의 시

시를 쓰려고 할 때마다 나는 이상한 곳에, 알 수 없는 곳에 있게 되는 기분이다. 언어를 처음 배우는 곳에 앉아 있는 것 같고, 또 어느 때에는 세상의 언어를 다 잃어버려 치료를 받는 곳에 앉아 있는 것 같다. 엉클어진 덤불 앞에 앉아 있는 것 같고, 또 어느 때에는 무너진 것들의 무더기 앞에 앉아 있는 것 같다. 물론 깨끗한 시내가 앞으로 흘러가는 것을 바라보고 있는 때도 있고, 시원한 속도로 어딘가를 향해 옆으로 혹은 상방으로 마구 내달리고 있는 때도 있고, 또 누군가를 기다리는 곳에 설레며 서 있는 때도 있다. 그리고 유자나무 곁에 서 있는 것만 같을 때도 있다.

시는 열매 맺는 자리가 각각 다른 듯하다. 얼마 전 유자를 따는 부부를 보았는데, 서로 다른 높이에 서로 다른 빛깔과 굵기로 매달린 유자처럼 한 편 한 편의 시는 있는 것 같다. 그래서 유자마다 단맛의 정도가 다르고, 껍질의 두께가 다르다.

다만 유자와도 같은 시가 있어 그 시들이 바구니에 담겨지더라도 개중에 한두 개의 시는 나무의 가지 제일 끝에 매달려 거둬들여지지 않고 남겨져도 좋겠다. 그러면 그 남겨진 시

는 햇살과 바람의 일부가 되거나, 새의 일부가 되거나, 별과 허공의 일부가 되거나, 벌레의 일부가 되거나, 툭 떨어지거나, 그곳에 시가 매달려 있었다는 기억이 사라질 때에 함께 사라질 것이다.

끝까지
가본다는 것

밀란 쿤데라는 시인이 되는 일은 어떤 것의 끝까지 가보는 것을 의미한다고 말한 바 있다. 행동의 끝, 희망의 끝, 열정의 끝, 절망의 끝까지 말이다. 밀란 쿤데라는 왜 끝까시 가보라고 우리에게 권유하는 것일까. 중도에 포기하지 말라고 말하는 것일까. 중도에 셈을 하지 말라고, 이득의 규모를 따지지 말라고 말하는 것일까. 어떤 일이든지 그 끝까지 가보았을 때에야 진정으로 그 일의 진면목을, 그 일의 고유한 가치와 효력을, 그리고 그 일로 인해 파생될 나중의 것까지 알 수 있다는 뜻이 담겨 있는 듯하다.

'일관一貫'이라는 말은 처음부터 끝까지 한결같다는 뜻이다. 처음과 끝을 꿰뚫어 하나로 꿴다는 뜻이다. 하나의 생각, 하나의 의지, 하나의 원리로 꿴다는 뜻이다. 이렇게 뜻을 새겨본다면 이 말은 수심修心의 차원에 있기도 하다. 일심一心을 생각하게 하는 것이다. 마치 수행자들이 잠깐이라도 쉬거나 그만두는 일이 없이 다니고, 머물고, 앉고, 눕고 하는 일상의 움직임 속에서도 심지어 꿈속에서도 번뇌나 장애와 어울리지 않는 것처럼 말이다.

그러므로 어떤 일의 진행이 종결되도록 그 끝까지 가보는 일은 마음을 닦는 일이기도 하다. 흔들리지 않는 일이기도 하다. 마음을 정려하게 잘 단속하는 일이기도 하다. 스스로를 믿어 스스로를 안심시키는 일이기도 하다. 자신自信하는 일이기도 하다.

달은 홀로 가면서
끝까지 깨끗하네

"사람들 흩어진 후에 초승달 뜨고, 하늘은 물처럼 맑다."
영화 〈경주〉에서 만난 한시다. 누가 지었는지는 알 수 없다.
이 시는 영화 속 여주인공의 집 거실에 걸려 있는 그림의 문
구이다. 이 한시가 내내 마음속을 떠나지 않았다. 마치 구름
층처럼 떠서. 모든 존재는 영속적이지 않고 잠시 이곳에 머물
다 가는 존재일 뿐이라는 뜻일까. 속진俗塵과도 같은 속세의
근심이 걷힌 마음을 이른 것일까. 아니면 홀로 남은 사람의
고요하고 한가한 심경을 말한 것일까.

인연으로 이루어진 모든 것들은 무상하다고 했다. 그래서
인연으로 이루어진 것을 쏜살같이 흘러내리는 산골짜기의
물이나 견고하지 못한 모래땅에 비유했다. 한번 가면 돌아오
지 않는 강물에 비유하기도 했다. "떼를 지어 자는 새들은 밤
이면 모여들되 아침이 되면 각자 날아간다"라는 말씀도 있다.
이 역시도 어떤 존재의 사라짐 혹은 관계의 사라짐에 대한
말씀이 아닌가 싶다.

"사람들 흩어진 후에"라는 글귀를 읽으면서 어떤 끝, 어떤
종결에 대해 자꾸 생각해보게 되었다. 그렇다면 이 시에서의

바람이 불면 바람이 부는 나무가 되지요

'사람들'은 어떻게 읽어야 할까. 실제로 모여 있던 사람들이 헤어져 흩어졌다는 뜻으로도 이해할 수 있고, 사람들로부터 생겨날 수 있는 그 모든 인사人事, 즉 세상에서 벌어지는 일이라는 뜻으로 이해할 수도 있다. 어쨌든 '사람들'에서 생겨난 일의 내용이 다소 부정적인 것만은 적어도 분명해 보인다. 왜냐하면 사람들의 부재 이후에 맑음과 쾌청과 고요함을 얻었다고 쓰고 있기 때문이다.

달은 많은 시인들이 즐겨 읊는 대상이다. 달은 대개 원만함을 표상하거나, 사모하는 마음을 표상하는 경우가 많다. 달은 빛으로 둥글게 충만하고, 또한 달은 높이 떠 멀리 도달하기 때문이다. 만해 한용운 스님이 지은 다음의 한시는 달의 맑고 깨끗한 빛을 노래한다.

빈 산에 달빛이 너무나 많아空山多月色

홀로 가면서 끝까지 깨끗하다孤往極淸遊

누구를 그리워하는 마음이 저리도 멀리 갔나情緒爲誰遠

밤은 깊고 아득해 거둘 수도 없다夜闌杳不收

달빛이 공산空山에 가득하다. 빈산을 낱낱이 비출 듯하다. 게다가 그 빛은 그지없이 빛나고 맑다. 흐리지도 않고 더럽지도 않다. 이 한시의 압권은 사람의 마음에서 일어나는 여럿의 감정, 즉 정서情緒가 멀리 이동한다는 발상에 있다. 달이 흘러가듯이 연모하는 마음이 움직여간다고 쓴 그 동적인 감각에 있다.

세간에 살면서 이득을 버리고 살기 어렵다. 세간에 살면서 더럽혀지지 않기 어렵다. 그러나 "사람들 흩어진 후에 초승달 뜨고, 하늘은 물처럼 맑다"라는 글귀를 접하고 나서 달과 달빛에 대해 이런저런 생각을 해보게 된다. 스스로 삼가며 숨어서 사는 정신, 그 정신의 높은 맑음과 한가함을 다시 생각해보게 된다.

저 저녁연기는

나의 졸시 가운데 〈저 저녁연기는〉이라는 시가 있다. "저 저녁연기는/ 마당에서 놀다 가는군// 저 저녁연기는/ 저녁밥을 얻어먹고 가는군// 저 저녁연기는/ 손이 늦군/ 나만큼/ 힘이 약하군// 근심하지 말렴/ 내 놀던/ 건초더미야"

이 시는 내 어렸을 적 옛집 풍경을 고스란히 담고 있다. 산그림자가 마을로 내려오고, 밥을 짓는 아궁이 연기와 쇠죽을 끓이는 아궁이 연기가 마당을 낮게 감싼다. 마치 허기진 것처럼. 허기로 인해서 맥이 풀린 듯. 그리고 그 저녁연기는 마른 풀의 푸석푸석한 디미처럼 느껴지기도 한다. 옛 시절의 저녁 풍경 속에는 늘 어머니가 계신다. 어머니는 쌀을 씻고 조리질을 한 다음 불을 때고 계신다. 아버지는 들에 나갔다 돌아오셔서 쇠죽을 끓이신다. 동산에 놀러간 나와 동생을 부르는 어머니의 목소리가 멀리 동산을 향해 나아간다. 이 평온한 저녁을 그 중심에서 가꾸는 분은 어머니셨다. 어머니는 나물을 뜯어와 저녁상을 차리고 식구들을 둥근 밥상 둘레에 앉혔다. 여름날에는 직접 밀가루로 칼국수를 빚어 들마루에 저녁상을 내셨다. 그때의 그 저녁연기는 아직도 나의 둘레를 부드럽게 감싼다.

막버스와
정류장

　내가 태어난 곳은 경북 금릉군 봉산면 태화 2리 794번지다. 지금은 김천시로 편입이 되었다. 봉산면은 김천시의 서북부에 있다. 그러나 내 집은 김천시의 발달된 중심부보단 충청북도 추풍령에 오히려 가깝다. 추풍령 고개와 경부고속도로 추풍령휴게소가 지척에 있다. 동네에서 김천의 시내로 일을 보러 갈 적에는 추풍령에서 출발해 김천으로 가는 시외버스를 타야 한다. 그러나 고약하게도 이 시외버스는 자주 다니지 않는다. 지금도 한 시간에 한 대 꼴로 다니는데 그마저도 정류장엘 들르는 시간이 들쭉날쭉하다. 그나마 다행인 것은 정류장에 머물렀다 가는 시간을 내주는 데에는 충분히 인심이 후하다는 점이다. 그래서 웬만한 경우가 아니면 버스를 놓치지 않는다. 시외버스 기사와 승객들 사이에 노상안면이 있는 정도이기도 하다.

　김천의 시외버스 정류장에서 출발해 추풍령으로 가는 막차는 밤 9시경이면 끊어진다. 그리고 막차의 승객 대부분은 김천 시내에 있는 학교엘 다니는 고등학생들이다. 이 학생들이 야간자습을 하다 이 버스를 타고 귀가한다. 막차가 끊어지는 시간이 좀 이르기 때문에 고등학생들은 야간자습을 하다 중도에 일어서야 한다. 막차를 놓치면 집으로 돌아갈 길이 막막해진다. 그런데 이 막차를 타는 승객의 수도 날씨에 따라 크게 차이가 난다. 궂은비가 온다거나 음력으로 그믐의 날이거나 굵은 눈이 올 때에는 승객의 수가 현저하게 줄어든다. 정류장에서 내린 학생들은 삼삼오오 산길을 걸어 집으로 돌아가야 하는데, 이런 날에는 무섬증이 나기도 해 학생들이 야간자습을 포기하고 일찌감치 집으로 돌아가기 때문이다. 나도 고등학생 때에 홀로 산길을 걸어 집으로 돌아간 적이 몇 차례 있었는데 그런 기억은 지금 돌이켜 생각해보아도 등골이 서늘해질 정도다.

학생들이 등교를 하는 아침 시간의 정류장 풍경은 몹시 분주하다. 내가 학교를 다니던 서른 해 전에도 그러했고 지금도 다소는 그러하다고 들었다. 나는 김천에 있는 성의중학교를 다녔는데 아침 7시 5분경에는 정류장에서 버스를 기다렸던 기억이 있다. 이 시간을 전후로 해서 두어 대의 버스가 학생들을 태우기 위해 정류장에 들렀다. 한 대의 버스는 추풍령에서 내려오는 버스였고, 또 한 대의 버스는 상금리에서 출발해 태화초등학교를 거쳐 정류장에 도착했다. 두 대 모두 승객의 거의 전부가 중학교와 고등학교에 다니는 학생들이었고, 이 학생들로 버스는 이미 미어터질 정도로 꽉 차서 정류장에 도착했다. 그러니 그런 버스를 올라타기는 참으로 버거운 일이었다. 더구나 나는 중학교 때에만 해도 키가 작고 왜소한 체구여서 버스에 오르는 것이 매우 힘들었다.

정류장은 떠남과 도착이 있는 곳이기도 하다. 배웅과 마중이 있는 곳이다. 박성우 시인의 〈자두나무 정류장〉이라는 시에는 한적한 시골 정류장의 풍경이 잘 나타나 있다. 시인은 누군가를 마중하러 자두나무 정류장에 자주자주 간다고 썼다. 비와 눈과 달과 별을 마중하게 될 때도 있지만 그것도 의미가 크다고 말한다. 시인마저 마중 나가지 않으면 먼길을 설레며 온 이들의 마음이 얼마나 서운하겠느냐고 되묻는다. 누군가 고향을 떠나갈 때에 마지막으로 서 있던 곳이 정류장이라면 누군가 다시 고향에 돌아올 때 최초로 서게 되는 곳이 정류장이다. 이별의 아픔이 있고, 돌아옴의 반가움이 있는 곳이 정류장이다. 그러므로 인심의 전부, 인생의 쓴맛과 단맛을 다 보아온 곳이 정류장인 셈이다.

시골 마을에 사시는 어른들은 논과 밭에서 수확한 것늘을 보자기에 싸서 장이 서는 날 심천엘 가신다. 김천에는 오일장이 선다. 김천 인근 지역에서 사람들이 모여들어 장거리가 성시를 이룬다. 멀리는 황간, 영동, 점촌, 상주, 예천, 지례, 성주에서 오는 이들도 있다. 붐비는 장을 구경하러 오는 이들도 있으나 대개는 집집에서 농사를 지어 수확한 것을 팔기 위해 온다. 직접 밭에서 기른 채소, 깨, 콩, 마늘, 고추, 과일, 산나물 등이 주를 이룬다. 내 어머니도 마늘을 팔러, 고추를 팔러 김천에 가시곤 했다. 간혹 어머니를 도와 함께 장에 간 적도 있었다. 정류장에는 장에 가는 사람들로 인파가 넘쳤다. 간만에 만난 사람들은 서로 안부를 물었다. 버스 안에는 몇 접의 마늘을 싼 보자기와 몇 근의 마른 고추를 담은 부대가 가득했다. 김천 오일장이 서는 곳이 가까운 하차장에는 상인들이 가득 모여 시골에서 오는 시외버스를 기다리는 모습이 진풍경을 이루었다. 시외버스가 도착하고 짐보따리를 이고 진 시골

어른들이 내리면 상인들은 낚아채듯 그 짐보따리를 들고 멀리 달아났다. 농산물을 일단 확보하기 위해 그렇게 하는 것이었다. 그러면 시골 어른들은 무슨 큰일이라도 난 듯이 허둥대며 달아나는 그 짐보따리를 따리가게 되는데, 이렇게 되면 농산물에 대한 값을 매기는 흥정의 주도권이 상인들에게 넘어가는 일은 너무나도 뻔한 것이었다.

어둑어둑해질 무렵이 되어서야 어른들은 오일장으로의 외출을 모두 마치고 마을로 돌아오셨다. 가족을 위해 몇 근씩 고기를 끊어 비닐봉지에 담아오시거나 몇 가지씩의 생필품을 사오셨다. 남자 어른들은 거나하게 취한 얼굴이었고, 여자 어른들은 오랜만에 미장원엘 다녀오셔서 곱게 단장을 하셨다. 그렇게 장이 서느라 흥성흥성한 하루를 또 버스 정류장은 아주 가까이서 지켜보는 것이었다. 그리고 막차가 그 정류장을 지나가면 시골 마을은 깊은 잠에 빠져들면서 소란을 잠재우고 예의 그 일상으로 돌아가는 것이었다.

나는 시 〈정류장에서〉를 이렇게 썼다. "언젠가 내가 이 자리에 두고 간 정류장// 둥근 빗방울 속에 그득 괴어 있던 정

류장// 꽃 피고 잎 지고 이틀 사흘 여름 겨울 내려서던 정류
장// 먼 데 가는 구름더미와 눈보라와 안개의 정류장// 홀어
머니 머리에 이고 있던 정류장// 막버스가 통째로 싣고 간 정
류장"

　정류장은 늘 한곳에서 많은 사람의 일생을 지켜본다. 그러
는 동안 세월은 흘러 멀리 간다. 봄이 오고가고, 가을이 다시
오고가고, 비와 눈과 달이 오고간다. 그러는 동안 소년은 청
년이 되고 어른이 된다. 정류장에서 떠나가고 정류장으로 돌
아오는 동안 세월은 흘러 아득히 멀리 간다.

　때로 정류장은 홀로 외로이 서 있고, 때로 정류장은 아주
들끓듯 서 있다. 누구나 자신의 인생에 대해 자신이 결정권을
갖고 있고, 스스로를 보호하려 하듯이 누구나 정류장을 자유
롭게 사용할 수 있다. 가령 정류장은 여관과도 같아서 누구나
하룻밤을 투숙할 수 있고 자신이 원하는 때에 훌쩍 떠날 수
있다. 그러나 여관이 그러하듯이 정류장 또한 그 자리에 있
다. 오가는 사람들이 달라질 뿐이다. 우리들 또한 하나의 정
류장인지도 모른다.

나는 시골에 가면 추풍령에서 김천 시내로 가는 시외버스를 종종 이용한다. 마을에서 정류장까지 걸어가는 시간이 우선 좋다. 낮은 산이 왼쪽에 있고, 오른쪽에는 넓은 잎의 포도 나무밭이 있는 길을 걸어 버스를 타러 갈 때는 어떤 평온 같은 것을 느끼게 된다. 조급함과 불안과 두려움이 없는 시간을 걷게 되는 것이다. 조금 일찍 정류장에 도착해서 시외버스를 기다리는 시간도 좋다. 언제 올지 모르는 시외버스를 기다리며 불어가는 바람도 보고, 먼 산도 보고, 나처럼 버스를 타러 걸어오는 사람을 보는 일이 좋다. 그러고 있으면 정말이지 시간이 맑은 시내처럼 부드럽게 흘러가는 것을 보게 된다.

　바람이 불면 바람이 부는 나무가 되지요

바람이 불면
바람이 부는 나무가 되지요

한 방송사의 프로그램을 재미있게 보았다. '자발적 고립 다큐멘터리'라는 부제가 붙은 이 프로그램은 출연자가 자연 속 작은 집에 살면서 홀로 밥을 지어 먹고, 홀로 잠을 자면서 단순하고 느리게 생활하는 일과를 기록한 것이다. 이 프로그램의 촬영지는 제주도의 한 오프그리드 하우스Off-grid house, 에너지 독립형 주택로 알려져 있다. 오프그리드 하우스에 대한 시청자들의 관심도 높아지고 있는 것 같다. 오프그리드 하우스는 전기와 수도, 가스 공급 등이 외부로부터 차단이 되어서 스스로 자급자족해야 하는 시스템이라고 한다. 전기는 태양광으로 해결하고, 수도는 정해진 물의 양만큼만 쓸 수 있다고 한다. 이 프로그램에 참여한 출연자는 주어진 미션을 수행해야 하는데, 미션의 종류는 다양했다. 세 가지 새소리 녹음하기, 계곡의 물소리 담아오기, 갖고 있는 물건의 수량을 절반으로 줄이기, 하루에 하나의 반찬으로 밥 먹기, 한 번에 한 가지 일만 하기 등이었다.

흥미로운 미션들이었다. 이 미션들은 우리가 일상 속에서 함께 시도해볼 만한 일이기도 하다. 가령 계곡에 내려가서 물소리를 듣고 녹음하는 동안 돌돌돌 흐르는 물소리와 부드럽게 굴러가는 물의 바퀴와 물의 유연함이 우리의 마음속에 들어차게 될 것이다. 새소리를 들을 때도 마찬가지다. 까마귀와 방울새, 직박구리, 꿩이 우는 것을 듣는 동안 우리는 새가 앉은 나뭇가지, 새의 부리, 깃털, 몸집의 크기, 울음의 높이 등 한 마리 새의 모든 것을 보고 듣게 된다. 그러면서 새가 우리의 마음속에서 앉고, 날갯짓하고, 우는 것을 고스란히 경험하게 된다. 내 내면에 다른 존재의 공간이 생겨나는 것을 수용하게 된다. 그 공간이 매우 새롭다는 것도 곧 알게 된다.

한 번에 한 가지 일만 하라는 것은 무슨 뜻일까. 하고 있는 그 일에만 온전하게 정성을 다하라는 것일 테다. 밥 먹을 때는 밥맛만을 알라는 것일 테다. 걸을 때에는 걷기만 하라는 것일 테다. 단둘이 있을 때에는 마주앉은 그의 마음을 읽으려고 애쓰라는 것일 테다. 보고 듣고 생각하고 있는 그것에 마음을 쏟으라는 뜻일 테다. 그러나 집중하고 골몰하는 일은 참 어렵다. 마음은 구름처럼 잘 흩어지고, 빠르게 이동하기 때문이다. 그래서 선불교에서는 어미 닭이 알을 품듯이, 고양이가 쥐를 잡듯이 지금의 순간에 집중하라고 가르친다. 어미 닭이 알을 품되 알의 온기가 늘 이어지도록 품는 것처럼 하고, 고양이가 쥐를 잡을 적에 생각과 눈동자가 움직이지 않는 것처럼 하라는 것이다.

우리는 매일을 바쁘게 살고 있고, 내 몸 하나 챙기기에도 벅차다. 날카로운 의견을 주고받고, 또 모욕감마저 느끼게 된다면 지치고 나른해져서 일어나기 어려운 형편에 놓이게 된다. 이러할 때에는 나의 전원을 잠시 꺼두어야 한다. 나를 느슨하고 단조로운 여건 속에 있게 해야 한다. 펼친 것을 접을 필요가 있다. 접으면 잠잠해지고 잠잠해지면 마음에 풋풋하고 넉넉한 공간이 생겨난다. 이 경험은 매우 유익하다.

시인 김용택 선생님의 인터뷰 내용을 읽은 적이 있는데 선생님은 눈 오는 날 마루에 걸터앉아 이렇게 말씀하셨다. "나무는 눈이 오면 그냥 받아들여요. 눈이 쌓인 나무가 되는 거죠. 바람이 불면 바람이 부는 나무가 되지요. 새가 앉으면 새가 앉은 나무가 되는 거죠. 새를 받아들여서 새로운 세계를 만들어내는 거죠."

이승훈 시인은 시 〈바람〉을 통해 바람이 풀밭에 가면 "풀들의 몸놀림을" 하고, 나뭇가지에서는 "나뭇가지의 소리를" 낸다고 노래하기도 했다. 바람은 풀밭에 가면 풀의 몸이 되고, 나무에게 불어가면 나뭇가지가 되어 흔들린다는 것이다. 바람이 이처럼 풀이 되고 나뭇가지가 되는 것은 '나'라는 완고한 생각을 버렸기에 가능할 것이다. '나'라는 생각을 버리고 다른 것에 맞췄기 때문에 가능할 것이다. 무엇인가에 맞춰서 하되, 그냥 하기만 하되 집착 또한 없기 때문에 가능할 것이다.

내 내면에 다른 존재의 공간을 만드는 연습을 하다 보면 나를 에워싸고 있는 것에 대해 알게 될 것이다. 나를 구성하고 있는 배음背音, 나의 기다림, 조용함, 쓸쓸함, 즐거움 같은 것을 잘 이해하게 될 것이다. 그러므로 내가 다른 것이 되어 보는 경험은 내가 나를 다시 들여다보는 경험이 된다. 자신을 자발적으로 간소한 삶의 조건 속에 놓아두려고도 할 일이다. 그러는 동안 우리의 마음이 깨끗한 계곡의 물소리에 의해, 맑은 날의 새소리에 의해 회복될 것이다.

7월의 자두
8월의 포도

과거 나의 여름은 어떤 시간들로 채워져 있었던가를 요즘
에 가끔 생각하게 된다. 아주 어렸을 때에는 작은 내에 가 멱
을 감으며 불볕더위를 식혔던 기억이 있다. 물은 맑았고, 물
살은 헤엄을 치기에 적당할 정도로 느슨했고, 냇가의 바닥에
는 희고 작고 고운 모래가 물속에서 반짝였다. 오후에는 염소
와 소를 몰고 풀밭을 찾아가는 일이 잦았다. 물론 소나기를
종종 만났다.

몸이 굵어져 노동을 감당할 때가 되었을 때, 나는 여름의
많은 시간을 과수원에서 보냈다. 7월은 자두밭에서 보냈고,
8월은 포도밭에서 보냈다. 아, 여름의 낮은 얼마나 길었던가.
여름의 낮은 먼 산에서 들려오는 뻐꾸기 소리처럼 얼마나 아
득했던가. 과수원에서의 노동은 아주 이른 시간부터 시작되
었다. 붉고 새콤한 자두를 따기 위해서는 높게 사다리를 세
워야 했다. 그 사다리에 양동이를 걸어놓고 한 알 한 알의 자
두를 따는 노역은 지금 생각만 해도 옷이 금세 땀에 젖어 후
줄근해질 것만 같다.

그런데, 매일매일 과일을 땄던 그 옛일을 떠올려보니 드는

생각이 몇몇 있다. 첫째는 좋은 과일을 얻기까지는 그만큼 손이 많이 간다는 것, 그래서 애써도 늘 손이 모자란다는 것이고, 둘째는 모든 과일에게 일광日光이 평등하게 차별 없이 내리쪼인다는 것이고, 셋째는 과일을 익히는 데에는 사람의 일손뿐만 아니라 햇살, 비, 바람, 흙 등의 우주적인 도움이 있어야 한다는 것이다.

첫 번째 생각은 인과를 설명하는 것이기도 하다. "곡식의 씨로부터 싹이 나오고, 싹으로부터 줄기와 잎 따위가 상속하고, 이 상속으로부터 열매가 생겨나니 씨를 떠나서는 상속해 열매가 생길 리 만무하다"는《중론中論》의 말씀과 대동소이한 것이다. 두 번째 생각은 모든 존재 개체가 고유하게 존엄하다는 것이고, 세 번째 생각은 생명 세계의 조화와 공생과 협력적 관계를 말한 것이다. 7월과 8월의 여름이 오고 있다.

괜찮아?
힘들지?

나는 주변으로부터 많은 도움을 받았다. 집안이 몹시 가난했던 탓에 초등학교와 중학교를 다니는 동안 여러 선생님들께서 책과 참고서를 주시며 나의 미래를 응원해주셨다. 물론 중학교 때 담임이셨던 미술 선생님은 어느 날 갑자기 예고 없이 시골집을 찾아오셔서 나를 몹시 당황하게 하셨지만. 선생님께서 방문하셨을 때 나는 염소를 몰고 집으로 돌아오고 있었고, 도중에 소나기를 만나 온몸이 젖어 있었다. 그러나 선생님께서는 나를 아주 반갑게 맞아주셨고, 내가 보는 앞에서 어머니께 나를 지극하고도 진심을 담아 칭찬해주셨다.

돌풍과 격랑의 사춘기를 한창 지나고 있을 때에는 두 살 위인 작은 누나가 많은 도움을 주었다. 누나는 많은 얘기를 하진 않았다. 은빛 모래알 같은 별들이 막 하늘에서 쏟아지는 여름밤 마당 귀퉁이에 앉아 누나는 아주 짧게 물을 뿐이었다. "괜찮아? 힘들지?"

그런데 희한하게도 이 짧은 질문에 대해 나는 마치 할 말을 그동안 준비해온 것처럼 누나 앞에서 속내를 엄청 길게 털어놓았다. 통학을 하느라 힘든 얘기를 꺼내기도 했다. 버스

바람이 불면 바람이 부는 나무가 되지요

비가 없어서 하교하는 길에 늘 먼길을 걸어 다녀야 하는 일에 대해 얘기할 즈음엔 누나가 내 손을 꼭 잡아주었다. 나는 속내를 말함으로써, 또 누나가 내 손을 잡아줌으로써 무언가 얽힌 매듭이 풀리고, 들고 있던 무거운 짐을 내려놓은 듯한 느낌을 받았다. "괜찮아? 힘들지?"라는 말의 위력이었다.

막 피어나려는
꽃송이처럼

생기生氣 없이 우리는 살 수가 없다. 싱싱하고 힘찬 기운이 있어야 살아갈 수 있다. 모든 움직임에는 이런 생기가 있다. 생기의 샘, 생기의 분화구를 갖고 있다. 매일매일의 아침에 우리는 생기를 느낀다. 꽃집에서 막 사와서 화병에 꽂은 한 송이의 장미나 카네이션에서 싱싱한 생기를 느낄 수 있다. 생기는 신선한 공기와도 같다. 생기는 건강한 사람의 혈액과도 같다. 생기는 분수처럼 탄력이 좋다.

한 해가 저물고 새로운 해가 솟는 것은 하나의 큰 생기가 생겨나는 과정이다. 정현종 시인은 시 〈이게 무슨 시간입니까〉에서 이제 막 피어나려는 꽃송이가 품은 생기를 "시간의 열"에 비유했다. 생기는 꽃송이가 막 피어나려는 그 의욕, 열이 가득한 상태, 흥분과 설렘이 가득한 상태다.

어떤 생기의 생겨남은 어떤 일의 종료 위에서 가능하다. 어떤 일이나 사건의 사라짐, 혹은 어떤 마음의 정리와 동시에 어떤 생기는 일어난다. 이 이치는 화단을 구성하는 꽃이 동시다발적으로 피어나는 것이 아니라, 어떤 꽃은 낙화하고 어떤 꽃은 개화하면서 화단의 꽃핌을 지속시키는 것과도 같다. 우리는 어떤 것을 버리고 비워내고, 또 어떤 것을 얻고 채우며 살아간다. 마치 새로운 계절을 맞을 때 옷장을 한차례 정리하듯이.

향기로운 꽃의 파도를
물결치며 바람의 배가 지나가듯이

입안에서 중얼중얼하는 시구가 하나 있다. "향기로운 꽃의 파도를/ 물결치며 바람의 배가 지나갈 때"라는 시구다. 이 시구는 파블로 네루다의 시 〈알스트로메리아〉의 일부다. 알스트로메리아는 꽃의 이름이다. 네루다는 고시대 황무지에 솟은 듯이 핀 꽃을 노래하는데, 아무것도 없는 땅 밑에서 "열심히, 맑게, 준비되어,/ 그 우아함을 세상으로 내밀었"다고 표현했다. 그리고 그 꽃핌을 "사랑으로 증폭된 어떤 신선함"이라 불렀다. "향기로운 꽃의 파도를/ 물결치며 바람의 배가 지나갈 때"라고 자꾸 말하다 보면 어떤 물결이, 신선함의 흐름이 내 마음에 생겨난다. 그리하여 우울하거나 슬픈 구석이 밀려나고 마음이 환해진다.

마음에 신선함이 깃든다는 것은 좋은 일이다. 네루다는 마음에 신선함이 많은 시인이었다. 그리고 그는 이 신선함이 엉뚱한 상상에서 생겨날 수 있다고 보았다. 특히 네루다는 아이들이 갖고 있는 호기심과 경이를 높게 평가했다. 그리고 아이의 호기심과 경이를 빌려 다음과 같은 멋진 질문들의 시구를 탄생시켰다. "만월은 오늘밤/ 그 밀가루 부대를 어디다 두었다지?"

　마음의 영역에서 조바심과 걱정과 화를 밀어내고 엉뚱함
과 설렘과 호기심과 질문과 신선함의 꽃을 피워보면 어떨까
싶다. 한줄기 시원한 바람처럼 가벼이 삶의 시간 속을 불어가
면 좋겠다.

모든 사물에게
형제이고 자매여라

새해는 새뜻하다. 서설瑞雪이 내린 눈길을, 아무도 앞서 걸어간 이 없는 조용하고 맑게 빛나는 눈길을 걸어가는 듯한 기분이다. 한천寒天은 고드름의 둘레를 두껍게 감으며 빙빙 돌지만, 한 마리 새는 하늘의 징수리에 높게 떠 대자유의 창공을 날아간다. 새는 높은 의지로 떠 있다. 나무는 모든 장식을 벗었다. 벗고 섰다. 남을 것만 남았다. 굳고 깨끗하다.

새해 아침이면 나는 찬물을 한 컵 받아 입을 헹군다. 이것은 나의 어머니로부터 배운 신성한 새해의 의식이다. 어머니는 숭배하고 맞이할 것이 있을 때마다 조심스럽게 그리고 침착하게 찬물로 입을 헹구셨다.

내가 얻어 가진 것을 나눌 줄 알며 살겠다는, 푸진 생각도 가져보는 아침이다. 메마른 겨울을 봄이 푸르게 하듯이 세상을 푸릇푸릇하게 만드는 데 미력이나마 보태며 살겠다는 생각도 가져보는 새해 아침이다.

배포도 두둑하게 가져본다. 이 우주의 물건 가운데 제일 큰 것이 하늘과 땅, 해와 달이지만, 두보는 일찍이 해와 달이 새장 속의 새에 불과하고, 하늘과 땅은 물 위에 뜬 부평초에 불과하다고 말하지 않았던가.

　마음을 졸렬하게 쓰지 않겠다고 다짐한다. 구애됨이 없이 살겠다는 의지도 세워본다. 마음은 부리기 나름 아니던가. 마음은 본래 큰 것으로 말하자면 세상을 품고, 작은 것으로 말하자면 바늘도 용납하지 못하는 것이니 마음의 장광長廣을 대해大海처럼 설원雪原처럼 가져볼 요량이다. 설령 피로와 고통이 거센 파도처럼, 눈보라처럼 내게 밀려오더라도.

　새해에는 양지良知도 얻었으면 한다. 양지는 의義와 불의不義를 헤아리는 것이니, 명나라 때 유학자 왕양명王陽明은 제자에게 다음의 시를 지어 양지를 얻을 것을 간곡하게 당부했다. "양지는 바로 홀로 알 때이니,/ 이 양지밖에 다른 양지가 없다./ 누군들 양지를 갖고 있지 않으리오만/ 양지를 아는 자는 도리어 누구인가?"

　양지를 얻는 것은 혼자만이 가능하다는 뜻이니, 새해에는 나의 내면에서 이 양지를 발견하려 한다. 그러고 보면 모든 것은 나로부터 말미암는다. 내가 씨앗을 뿌리고, 내가 자라게 하고, 내가 열매 맺게 하고, 내가 거두는 것이다. 언젠가 탄허 스님이 쓴 한문 구절을 노트에 옮겨 적은 적이 있고, 그것을 눈이 자주 가는 곳에 붙여놓았으니 그 문장은 이러하다. "텅 빈 방 마음에서 흰 빛 광명이 나오는 것은/ 밖에서 얻은 것이 아니요,/ 집안 가득 봄기운은/ 하늘로부터 온 것이 아니다." 이 얼마나 멋진 가르침인가.

융통성도 좀 가졌으면 좋겠다. 그동안은 얼마나 가차 없이 살았던가. 그때그때의 사정과 형편을 보아가며 살아도 좋을 일. 자물통처럼 벽돌처럼 새해를 살 수는 없는 일. 스스로를 폐꿩처럼 황폐하게 만들지 않고 살아갈 일을 생각한다.

가벼움과 환함과 트임의 세계에 살 일을 생각한다. 풋사과처럼, 감귤처럼, 여울처럼, 두레박에 담긴 우물물처럼, 물안개처럼, 물렁물렁한 구름층처럼, 하얀 백지처럼, 잘 발효된 빵처럼, 차오르는 달처럼, 붉은 뺨에 생겨난 미소처럼 살 일을 생각한다.

대접 받을 마음은 버릴 생각이다. 언젠가 누군가 나에게 말했다. "이 세상에 당신이 불쌍해할 사람은 없어요"라고. 그는 이 말을 그의 아버지로부터 거듭해서 들었다고 했다. 불쌍해할 사람이 없다는 말은 무슨 뜻인가. 모든 존재는 동등하다는 뜻일 것이다. 동등하게 고귀하다는 뜻일 것이다. 그러므로 박정하게 대할 어떤 까닭도 없다. 얕잡아 보아서도 안 되는 것이다. 애초부터 가련하게 탄생한 존재는 없는 것이다.

헤르만 헤세가 시 〈금언〉에서 "그렇게 너는 모든 사물에게/ 형제이고 자매여야만 한다,/ 그것들이 네게 아주 스며들도록,/ 네가 내 것 네 것을 구별할 수 없도록"이라고 쓴 뜻도 이와 같을 것이다.

새해에는 굽은 길을 많이 걸어볼 계획이다. 곧게 난 길이 아니라 휘어진 길을 선택해서 오래 걷는 시간을 자주 가질 생각이다. 산길이나 들길이나 해변을 따라 난 곡선의 길을 걸을 생각이다. 꼿꼿한 것을 버리고 구부러짐을 얻으려 함은 무엇 때문인가. 순함과 온화함과 부드러움을 얻기 위함이다.

또한 거친 말은 하지 않게 되기를 바란다. 거친 말을 '발 씻은 대야의 물'에 비유해 삼가기를 강조한 이는 부처였다. 좋은 말을 종이나 경쇠를 고요히 두들기듯 하게 되기를 바란다.

새해의 태양이 떠올랐다. 당신의 마음속에 일광이 가득하길 빌어본다.

사랑의
탄생

　얼음과 한파의 계절이 지나가고 있다. 새순과 연두의 계절이 이쪽을 향해 오고 있다. 봄을 만드느라 우주는 바삐 움직이고 있다. 햇빛은 날로 부드러워 세계에 온기를 보태고 있다. 이러한 순간에 사랑은 태어난다. 허심虛心에 사랑이 깃든다. 빈 그릇에 봄비의 빗방울이 점차 차듯이. 봄의 과수원에 빛이 차차 쌓이듯이.

　사랑의 감정을 사용하는 사람의 마음은 어떤 내부를 갖고 있을까. 프랑시스 잠이라는 시인이 있다. 그는 프랑스 남서부의 피레네산맥 산간지방에서 평생을 살았다. 그의 아름다운 시편들에는 '영혼의 평화와 천진스러운 놀람'이 있다. 그의 시 〈시냇가 풀밭은…〉의 일부는 이러하다. "우리들의 모든 마음의 기쁨을/ 앗아가는 괴로움이 없다면 모든 것이 다사로우리./ 하지만 괴로움을 떠나려 함은 헛된 일./ 말벌은 풀밭을 떠나지 않는 법이니./ 그러니 삶이 저 갈 대로 가도록/ 내버려두세나. 검은 암소들이 마실 물이 있는 곳에서/ 풀을 뜯도록 내버려두세나./ 그래 언제까지고 괴로워하는 모든 이들을./ 우리와 같은 모든 이들을 동정하기로 하세."

헤르만 헤세는 프랑시스 잠이 쓴 소설의 문장을 칭찬하면서 이렇게 썼다. "프랑시스 잠은 인간이 보고 듣고 냄새 맡는 모든 것, 하늘과 숲과 시내도 사랑하지 않는가? 이 모든 것, 온갖 소박하고 자연스러운 것, 아름답고 꾸미지 않은 것을 그는 깊이 사랑한다. 그의 소설에 등장하는 사람들의 운명만이 아니라 그런 일이 벌어지는 무대 자체도 중요하다. 이 섬세하고 사랑스러운 작품들의 배경은 언뜻 보기에는 성과 산, 골짜기와 정원, 가까운 해변이지만, 실제로는 시인의 영혼이다. 그의 영혼 안에서 이 세계의 온갖 현상들은 아름다운 하늘에 떠가는 한 조각 구름처럼 부드럽고 말갛기도 하다." 헤세가 쓴 이 문장의 뜻은 한 인간의 영혼 속에 이 세계의 온갖 현상들이 들어 있다는 것이다. 한 인간이 가진 영혼의 내부로부터 이 세계가 태어난다는 것이다.

이기심으로 가득찬 사람의 영혼으로부터 사랑의 세계가 태어나는 것을 본 적이 없다. 이기심으로 가득찬 사람의 영혼으로부터는 비열하고 매정한 시장의 세계가 생겨난다. 반면

에 유순한 마음과 겸손한 마음으로부터는 사랑의 세계가 신
생아처럼 태어난다. 그런 영혼이 사랑의 근원이기 때문이다.
마치 잘 조절된 토양에서 난의 새 촉이 돋듯이.

아침은
꼭 같은 개수의 과일을 나눠주네

우리는 아침이라는 시간을 공평하게 받는다. 인자한 사람도 옹색한 사람도 아침이라는 시간을 공평하게 받는다. 시간은 아침이라는 과일을 꼭 같은 개수로 사람들에게 나눠줄 뿐만 아니라, 햇살과 꽃과 새와 잠을 공평하게 나눠준다.

나는 매일매일 새로운 아침을 받으면서 나의 새로운 하루가 평화롭기를 기도한다. 웃을 일이 좀더 많고, 마음이 탁해지지 않기를 기도한다. 다른 사람의 행복을 늘려주고, 다른 사람의 기쁨과 함께 기뻐하기를 기도한다.

탁 트이고 광활한 초원에서 방목하는 이들이 맞는 아침은 보다 실감이 있는 듯하다. 몽골 시인들이 쓴 시편들에서 이러한 점은 잘 드러난다. 몽골의 시인인 쩨. 사롤보잉은 "어머니는 솥에 태양을 퍼올렸다 쏟아부으시며/ 회색빛 나무 그릇에/ 만들어진 황금의 햇살을 따르신다"라고 썼다.

아침은 하나의 가능성이다. 가보지 않은 길의 초입과 같다. 아침에 우리는 여럿의 기회를 갖게 된다.

바람이 불면 바람이 부는 나무가 되지요

바람과 물의
은혜를 받은 보트처럼

우리는 매일매일을 살면서 과연 하루 동안 몇 번이나 우리의 삶 속에 싱싱함과 아름다움이 있다는 것을 알고 느끼며 지내는 것일까.

노벨문학상을 수상한 타고르가 1916년에 모국어인 벵골어로 펴낸 시집《길 잃은 새》에는 짧은 시 326편이 수록되어 있다. 이 시집에 실린 것 가운데에는 이런 시구가 있다. "이 연약한 그릇을 당신은 비우고 또 비우시고 끊임없이 이 그릇을 싱싱한 생명으로 채우십니다." 연약한 그릇은 우리의 몸과 마음을 일컫는 것일 테다. 새날을 맞이하는 우리가 아침에 갖게 되는 생기와 의욕을 싱싱한 생명으로 표현한 것이다. 또 이런 시구도 있다. "나의 마음이여, 바람과 물의 은혜를 받은 보트처럼 세계의 움직임으로부터 당신의 아름다움을 발견하세요."

우리는 바다라는 큰 세계의 움직임 위에 뜬 한 척의 보트다. 바람과 물의 도움을 받으며 떠 있는 멋진 보트다. 우리 스스로가 보트처럼 이 세계 위에 떠서 시원한 바람을 맞으며 우리의 의지로 운항하고 있다는 사실을 잊지 말라는 권고가 이 시구 속에 있다.

언제나 새로운 길

"내를 건너서 숲으로/ 고개를 넘어서 마을로// 어제도 가고 오늘도 갈/ 나의 길 새로운 길// 민들레가 피고 까치가 날고/ 아가씨가 지나고 바람이 일고// 나의 길은 언제나 새로운 길/ 오늘도… 내일도…// 내를 긴너서 숲으로/ 고개를 넘어서 마을로"

이 시는 윤동주 시인이 만 21세에 쓴 시 〈새로운 길〉이다. 1938년 5월에 탈고했으니 식민지 시대의 깊은 어둠 속에서 창작된 작품이다. 이 시에서는 불굴의 의지가 잘 드러나 있다. 사신이 매일매일 오가는 길이지만 늘 새로운 길이라고 시인은 말한다. 그리고 그 길은 생명의 길이기도 하다. 민들레와 까치와 아가씨와 바람이 지나가는 길이다. 삶에 대한 욕구인 생의生意와 설렘의 길인 것이다.

식민지 시대에 혁신의 정신을 강조한 분을 한 분 더 꼽으라면 단연 만해 한용운 스님을 거론할 수 있을 것이다. 만해 한용운 스님은《조선 독립의 서》첫 문장에서 "자유는 만물의 생명이요, 평화는 인생의 행복이다"라고 썼고, 또 "마음이 죽은 것보다 더 큰 슬픔은 없으며 육체가 죽은 슬픔은 그 다음이다"라고 썼다. 정신이 생기로 활발하게 살아 있을 때 혁신과 변혁도 이뤄진다는 뜻이다.

우리의 마음은 생기와 흥이 있다. 밝은 쪽으로 곧잘 회복한다. 우리의 마음은 유연하고 탄력도 좋다. 슬픔과 노여움과 우울은 흐르는 물처럼 흘러간다. 눈물이 마르면 그 자리에 웃음이 꽃처럼 피어나고, 마음의 동토凍土는 곧 푸른 초지草地로 바뀐다. 역경의 때를 순경의 때로 전환시키는 힘은 우리의 마음에 있다. 어둡고 비통한 삶의 단면에 처하더라도 스스로 빛을 비춤으로써 삶의 곤란을 넘어설 수 있다.

우리는
아름다움의 고용인

자크 프레베르는 시 〈아름다움이여〉에서 "아름다움이여, 그 누가/ 보다 아름답고/ 보다 고요하고/ 보다 이론異論의 여지 없고/ 보다 생동감 넘치는/ 어떤 이름을 찾아낼 수 있을 것인가/ 아름다움이여/ 나는 종종 너의 이름을 사용해서/ 너를 널리 알리는 일을 하는데/ 나는 고용주가 아니지/ 아름다움이여/ 나는 그대의 고용인일 뿐"이라고 멋지게 노래했다.

그의 말대로 우리 모두는 아름다운 삶의 고용인이다. 아름다운 삶을 모시려고 하지 않는 사람이 누가 있겠는가.

우주의 헌법은
사랑

　모든 사람은 생산자다. 활동하므로 생산한다. 농부는 작물을 생산한다. 작가는 상상력을 통해 문장을 생산한다. 좋은 정치가는 자유와 평화와 넉넉함과 안락을 확대하고 생산한다. 생산되는 물품은 유형의 것도 있고 무형의 것도 있다. 계절인 봄도 생산자다. 봄은 얼었던 땅이 풀리게 하고 새싹이 움트게 한다. 세계의 색채를 밝고 환하게 채색한다. 새는 날아오르고 새순은 뻗어나온다.

　생산한다는 것은 전에 없던 것을 처음으로 만든다는 뜻이다. 봄은 꽃을 생산하고, 여름은 우레를 생산하고, 가을은 풀벌레의 애잔한 울음소리를 생산한다. 그렇다고 겨울이 생산자가 아닌 것은 아니다. 가령 겨울은 얼음과 바람과 눈보라를 생산한다. 생산은 무에서 유를 만들어낸다는 뜻이다. 생산은 유에서 더 크고 유익한 유를 만들어낸다는 뜻이다. 창조한다는 뜻이다.

　그러나 무에서 유가 창조된다고 해서 일순간에 그렇게 된다는 뜻은 아니다. 점차로 그렇게 된다는 것이다. 가령 한 종교 경전에서는 "선善을 가볍게 생각하지 않아야 한다. 물방

울이 방울방울 떨어지면 물 항아리가 가득차듯, 지혜로운 자는 조금씩 모은 선으로 가득찬다"라고 말하고 있고, "만일 어떤 사람에게 탐욕이 없고, 성냄과 어리석음 또한 다하면, 그에게 선함은 점차로 늘어나게 될 것이다. 마치 달이 차는 것처럼. 그러므로 마땅히 초승달처럼 배워야 한다"라고 말하고도 있다.

창조는 쌓이고 쌓여서 이뤄지는 것이다. 또한 창조는 단독적으로 이뤄지지 않는다. 협력적 관계에서 창조도 가능해진다. 다시 말하면 외부의 도움을 받을 때 창조도 가능해진다.

봄의 절기로 들어서면 싹들이 돋아난다. 씨앗마다 움이 튼다. 그러나 이 싹틈은 혼자 저절로 되는 것이 아니다. 한 생명의 발아에는 은밀한 협조자들이 뒤에 있기 마련이다. 부조扶助가 있을 때 창조도 가능하고, 창조의 속도도 탄력을 받는다.

존재들은 서로 마주한다. 사랑하지 않는 존재도, 사랑받지 못하는 존재도 없다. 그래서 함민복 시인은 "우주의 헌법이 있다면 사랑"이라고 노래했는지도 모르겠다.

그렇다고 해서 창조를 견인하는 주도적인 힘이 외부에 있는 것은 아니다. 창조를 일궈내는 것은 우리 내부에 있다. 내부에서 용암처럼 들끓는 열정이 없다면 창조는 가능하지 않다. 열정, 고유하고 특별한 생각, 세계를 향해 활짝 열린 안목, 자신에 대한 엄격한 관리와 신뢰, 견고한 의지와 성실함 등이 내면에 갖춰져 있을 때 창조의 동력은 생겨난다.

새로운 습관과
100일

요즘 마스노 슌묘의 글을 읽고 있다. 그는 선禪을 주제로
한 정원 디자인으로 세계적인 명성을 얻고 있다. 일본 도쿄의
캐나다 대사관과 세룰리안 타워 도큐 호텔의 일본 정원이 그
의 작품이다.

마스노 슌묘는 글을 통해 지금 이 순간을 최선을 다해 살
라고 말한다. 흥미로운 것은 그가 지금 당장 할 수 있는 일부
터 해야 한다고 강조하는 대목에 있다. 가령 그는 '다음에 해
야지'라고 생각하는 것은 하지 않겠다는 것과 같다고 말하고,
순수한 마음으로 지금 하고 있는 일에 몰두해서 성심껏 하라
고 말한다. 또한 새로운 습관이 생기려면 100일의 시간이 필
요하다고도 말한다. 단기간에 습관이 바뀌게 되는 것이 아니
라 100일 정도의 시간 동안 지속해야 몸에 익게 되고 마음에
익게 되어 새로운 습관이 생긴다는 것이다. 마스노 슌묘는 집
현관에 있는 신발을 정리하는 일부터 시작해보라고 권고하
기도 한다.

'무심귀대도無心歸大道'라고 했으니 마음을 비우고 지금 하
고 있는 일에 집중해서 담담히 일을 하다 보면 큰 변화의 경

지에 이르게 될 것이다. 물방울이 방울방울 떨어지면 물항아리가 가득차듯이. 물이 쌓이고 쌓여서 거대한 배를 띄우듯이.

오직 한 생각

강렬한 주의 집중은 잠재된 능력을 깨워 놀랄 만한 결과를 낳는다고 한다. 그래서 그런지 우리나라에도 몰입을 권하는 여러 종류의 책이 이미 출간되어 대중의 큰 관심을 얻었다. 가령 미하이 칙센트미하이는 '플로우Flow, 몰입'라는 개념을 사용하는데 이때의 플로우는 어떠한 행위에 깊이 몰입한 나머지 시간의 흐름이나 속한 공간은 물론 자신에 대한 자각마저도 잊게 되는 때를 일컫는다. 특별히 플로우라고 이름을 붙인 이유는 몰입의 심리적 상태가 물 흐르듯 편안해지고 하늘을 사유로이 나는 느낌과도 같기 때문이라고 한다.

그는 책《몰입의 즐거움》을 통해 말하길, 몰입에 뒤이어서 오는 행복감은 특별하게 크다고 강조한다. 그 이유인즉, 이 몰입은 스스로의 힘으로 만든 것이어서 우리의 의식을 그만큼 고양시키고 성숙시키기 때문이라고 분석한다. 몰입은 생산성과 창의성을 향상시킨다. 몰입은 잠재된 능력을 발굴한다. 뿐만 아니라 몰입은 마음을 지극히 편안한 상태로 만들고 스스로를 느긋하게 이완시켜준다.

그러나 몰입을 이행하기는 쉽지 않다. 몰입을 위해서는 수

많은 연습이 필요하다. 고도의 집중, 몰입은 일심의 상태를 유지할 때 가능하다. 순수하게 잘 제어된 마음일 때 가능하다. 순수하게 제어된 마음은 번잡함을 버린 마음이다. 한결같은 마음, 또는 오직 한 가지 생각을 갖는 것이다.

박목월 시인의 편지

"모든 시간이 자신의 야심을 증명하는 순간이 되도록 힘써라." 이 문장은 1965년 1월 5일 박목월 시인이 권달웅 시인에게 보낸 편지에 들어 있다. 제자에게 보낸 편지는 아주 따뜻한 문장으로 시작되고 있다. "권 군, 편지와 보내준 대추 잘 받았다. 대추는 집에서 딴 것이라 하니 고맙게 받기는 했지만, 어머님께 드릴 일이지, 왜 이 멀리 보냈는가"라고 말문을 열어 썼다. 그리고 "모든 시간이 자신의 야심을 증명하는 순간이 되도록 힘써라"라고 당부했다. 단단하게 정진하라는 당부의 말씀이다. 자신을 바로 세우고, 자신을 의지하고, 자신을 스스로 보호하라는 당부의 말씀이다. 이러한 당부대로라면 부정적인 에너지가 들어설 틈이 없다. 실의의 비탈이 끼어들 틈이 없다.

우리는 매일매일 아주 다양한 사람들을 만난다. 하는 일이 다르고, 노동의 강도가 각각 다른 사람들을 만난다. 그러나 우리가 다시 만나고 싶은 사람은 비록 일이 고되더라도 의욕을 잃지 않고 웃으며 선하게 어울리며 사는 사람이다. 쏟아진 물처럼 표정을 일그러뜨리는 사람, 창처럼 화로써 상대방을 찌르는 사람, 비탄의 검은 물에 발을 담근 사람과는 다시 만나기를 바라지 않는다.

내면을 밝은 빛으로 채운 사람에게는 빛과 같은 일이 일어나게 마련이다. 웃음이 웃음을 부르는 까닭이다.

돌마다 산,
새마다 하늘

　사람들의 마음에 호의가 많아졌으면 좋겠다. 피타고라스의 언급 가운데 이런 매력적인 문장이 있다. "우정은 사람들 사이에서 존경과 배려를 이끌어내고, 행성을 행성과 조화시키고, 하늘과 땅을 일치시킨다." 호의는 친절한 마음씨다. 호의는 선한 마음씨다. 인정을 베푸는 마음씨다. 이러한 마음이 확장되면 행성들 사이에도 존경과 배려가 생기고, 하늘과 땅 사이에도 존경과 배려가 생길 것이다.

　몽골의 시인 롭상도르찌 을지터그스는 〈새마다 하늘〉이라는 시에서 모든 존재가 우주의 주인이요, 중심임을 노래한다. 그는 "풀은 모두 나무/ 돌마다 산/ 넓은 이 세상/ 사물은 모두 중심// 깃은 모두 새/ 새마다 하늘/ 풍요로운 이 삶의/ 모든 날들이 새롭다"라고 썼다. 한 포기의 풀은 나무와도 같은 존재이고, 돌멩이 하나는 산과도 같은 귀한 존재라고 말한다. 하나의 가벼운 깃털은 새와도 같은 존재이고, 한 마리의 새는 하늘과도 같은 귀한 존재라고 말한다.

　모두가 다 귀한 존재요, 주인이요, 중심이라고 여긴다면 생명 세계에서 다툼이 사라질 것이다. 악의를 버리고 호의를

사용한다면 생명 세계는 안심과 평화와 공존의 세계가 될 것
이다.

애인의 눈에는
세상이 모두 애인

　네팔의 시인 두르가 랄 쉬레스타의 시 중에 〈꽃의 눈에는 세상이 모두 꽃이다〉라는 시가 있다. 이 시는 마음의 눈에 대해 말한다. 가시 박힌 눈에는 세상이 전부 가시로 보이고, 애인의 눈으로 세상을 보면 그 세상은 모두 애인으로 보인다는 얘기다. 어떤 마음의 눈을 가져야 안온할 수 있는지를 잘 알려준다.

　온화하고 겸손하고 자비롭고 명월明月보다 맑고 밝은 마음의 이익에 대해 생각한다. 가시의 눈을 버리고, 증오하고 비난하는 눈을 여의고 세상을 바라본다면 마른 낙엽에서조차 생명의 박동 소리를 들을 수 있다. 마음의 밭에 사랑의 씨앗을 심을 일이다. 그러할 때 스스로 고요한 마음을 유지할 수 있고, 세상에는 안락을 보낼 수 있다. 대지처럼 너그러울 때 자신도 이롭고 남도 이롭다.

과일처럼
내 인생을 감미롭게

20대를 전후한 시기에 나는 몸의 근육을 키웠다. 그것은 자기 보호의 본능 같은 것이었다. 나는 세계로부터 어떤 위협이 거대한 파도처럼 내게 밀려온다고 느꼈다. 세계로부터의 어떤 위협이란 세계가 나의 육체를 억누르는 것을 뜻했다.

그러나, 이런 노력들이 무의미하다는 것을 깨닫는 데에는 그리 오래 걸리지 않았다. 내게 보다 중요한 것은 미국의 시인이며 소설가인 실비아 플라스가 노래한 것처럼 "나는 과일처럼 내 인생을 감미롭게 유지해야 한다"는 사실이었다. 우리가 어떤 반복을 통해 키워야 할 근육은 마음의 근육이다. 마음이라는 기관에 습관이라는 근육을 만드는 것이 훨씬 유의미하다. 나는 마음의 근육을 키우기로 했다.

내게 새로이 생긴 습관으로는 첫째, 행복한 시간을 늘리는 것이다. 뉴질랜드 오타고 대학교 연구팀의 연구 결과에 따르면 인간이 더 행복해지기 위한 네 가지 열쇠는 '과일, 자연, 햇볕, 잠'이라는데, 내가 행복의 순간을 늘리기 위해 길들인 습관은 '걷기'였다. 하루에 최소 만 보 이상을 걷고, 되도록 오르막과 내리막이 있고, 좌우로 휘어지는 길을 걸었다.

두 번째는 초조함을 없애는 것이다. 해야 할 일이라면 일찍 시작했다. 이렇게 하다 보니 약속 장소에서 다른 사람을 미리 기다리고 있는 내가 목격되기 시작했다. 세 번째는 마음의 단력과 생기를 유지하는 것이다. 책을 손에 쥐여주고, 음악과 영화가 나의 삶의 시간에 참여하게 하고, 종교적 수행을 하는 것 등이 이것에 포함되었다. 몸의 근육을 바꾸는 것보다 마음의 근육을 바꾸는 것이 더 근사하다.

2부

웃음으로 서로 바라볼 뿐

걱정이
없는 시간

바깥에는 여름 장마가 지나가고 있다. 억수비가 잦다. 유배 생활을 했던 추사 김정희가 초의 선사에게 보낸 편지에서 "하늘에 구멍이 뚫렸는지 대지는 마를 사이가 없고 풍토병이 만연하니 청량한 바람이 불어서 날씨가 쾌청해졌으면 하는 생각이 간절합니다"라고 쓴 대목이 생각난다. 추사는 초의 선사가 보내준 차로 마음의 적적함과 풍토병을 다스렸다고 한다. "물을 평評하여 차를 다리던 때를 회상하니 눈앞의 속진이 사라진 듯합니다"라고도 썼으니 폭우와 폭염이 번갈아 소용돌이치는 즈음엔 번다한 바깥을 끊고 담담한 내심을 얻고자 한 잔의 차를 가까이하는 것도 좋을 듯하다.

티베트 수행자들은 행복해지는 수행법을 스승들로부터 배운다고 하는데 그 내용은 간단하다. 단순하게, 자연과 더불어, 혼자만의 시간을 갖고, 새로운 곳에서 새로운 일을 해보는 것이 다름 아닌 행복의 비결이라는 것이다.

나는 호흡을 헤아리는 수식관數息觀 수행을 틈이 날 때마다 하고 있다. 한 스님께서 말씀하신 '걱정이 없는 시간'을 보내기 위함이고, 매 순간을 깨어 있고자 위함이지만 사심과 잡

넘이 골짜기의 비구름처럼 생겨나서 좀처럼 맑고 조용하고
편안한 마음을 얻기가 쉽지 않다. 진각 혜심 스님이 쓴 선시
에 이런 시구가 있다.

못가에 홀로 앉아
물 밑의 그대를 우연히 만나
묵묵히 웃음으로 서로 바라볼 뿐
그대를 안다고 말하지 않네.

못가에 앉아 있던 스님은 우연하게도 수면에 비친 자신의
모습을 보았던 모양이다. 마치 거울을 보듯이 자신을 마주보
게 되었을 때에 스님은 말없이 잠잠하게 웃으며 화답한다. 스
스로에게 자상하고도 친절하게 미소를 보냈던 것이다. 이 장
면을 머릿속에 짐작해보면 볼수록 이와 같은 마음의 상태야
말로 평정된 마음의 상태가 아닐까 싶다. 자신에 대한 수긍과
신뢰와 맡김 등이 평정된 내면의 내용이기 때문이다.

땅과 같이
기도하라

　최근에 한 분으로부터 "땅과 같이 수행하고 기도하세요"라는 말씀을 들었다. 그분은 "당신이 땅과 같이 수행한다면 이미 생겨난 즐겁고 즐겁지 못한 접촉들이 그대의 마음을 붙잡아두지 못할 것입니다. 예를 들면, 땅에게 깨끗한 것을 버리더라도, 더러운 것을 버리더라도 그것으로 인해 땅이 곤혹해하거나 수치스러워하거나 싫어하지 않듯이, 이처럼 당신은 땅과 같이 수행하시기 바랍니다"라고 하셨다. 이 '땅과 같은' 마음의 상태가 곧 일념의 상태요, 고도로 잘 다루어진 집중과 몰입의 상태일 것이다.

　땅과 같이 수행하고, 기도하며 살아야겠다. "지붕의 이엉이 잘 이어진 집에 비가 새지 않듯이, 잘 닦여진 마음에는 탐욕이 스며들지 않습니다"라는 말씀도 함께 기억하면서 살아야겠다.

탄생에는
신열과 통증이 따른다는 말

한 스님의 산문을 읽다가 "탄생에는 신열이 있고 통증이 수반된다"라고 쓴 대목에 놀라며 잠시 생각에 잠겼다. 스님의 말씀대로라면 사람들은 꽃의 향기에 관심만 있을 뿐 꽃이 피어나면서 겪게 되는 통증에는 관심이 없다는 것이다. 이때의 '탄생'이라는 말을 잉태의 뜻으로만 비좁게 이해할 필요는 없을 것이다. 탄생은 생명의 자라남과 스스로 갖춤과 도약을 의미하기도 할 것이다.

나는 어미소가 송아지를 낳는 것을 아버지 곁에서 지켜본 적이 있다. 나는 어미 토끼가 희고 어린 새끼 토끼를 스스로 낳아 기르는 것을 가까이에서 도운 적이 있다. 나는 송아지가 무릎에 잔뜩 힘을 주어 혼자 일어서서는 비칠비칠 첫걸음을 걷기 시작하는 것을 어미소와 아버지와 함께 지켜본 적이 있다.

정말이지 탄생에는 고통의 감내가 따르기 마련이다. 그래야 탄생의 귀중한 의미가 더해지기도 할 것이다. 우리가 봄의 탄생을 고대하며 겨울의 혹독함을 견뎌내듯이.

바다가 잠잠해지기를
기다리는 어부처럼

'수류화개水流花開'라는 말이 있다. 물이 흐르고 꽃이 핀다는 뜻이다. 이 글귀에 대해 해남 미황사 금강 스님은 이렇게 해석한다. "'물이 흐른다'는 것은 매 순간 살아 있다는 의미이다. 과거의 아름다운 추억과 아픈 기억이 현재의 삶을 구속하거나 방해할 수 없다는 말이다. '꽃이 핀다'는 것은 시련을 이겨낸 강인함과 꽃망울을 터트리기 위한 정성스러운 마음을 이야기한다."

다시 말하면 우리 삶의 매 순간은 역동적으로 움직이고 변화하므로 과거의 일에 얽매여 후회와 눈물의 골짜기에 살지 말라는 것이다.

내가 좋아하는 시 가운데 김종삼 시인의 시 〈어부漁夫〉가 있다. "바닷가에 매어둔/ 작은 고깃배/ 날마다 출렁거린다/ 풍랑에 뒤집힐 때도 있다/ 화사한 날을 기다리고 있다/ 머얼리 노를 저어 나가서/ 헤밍웨이의 바다와 노인老人이 되어서/ 중얼거리려고// 살아온 기적이 살아갈 기적이 된다고/ 사노라면/ 많은 기쁨이 있다고"

작은 어촌 마을의 포구에 고깃배가 묶여 있다. 격랑 위에서 늘 흔들리는 고깃배다. 마치 모질고 어려운 시련을 견디며 살고 있는 어부의 삶처럼. 그러나 화창해지는 시간을 기다리고 있다. 거센 해풍이 잦아들고 바다가 잠잠해지면 먼 해역으로 가 그물을 펼칠 일을 기다리고 있다. 지금껏 살아온 굳세고 꿋꿋한 힘이 내일을 살아가게 하는 힘이 될 것이라 믿으면서. 우리도 살면서 만나는 고난과 역경을 어부처럼, 바다가 잠잠해지기를 기다리는 어부처럼 대했으면 한다.

고통의 시간은
강물처럼 흘러갔다

    나는 힘들어하는 사람들에게 지나간 일을 좀 잊고 살라고 말한다. 고통의 순간은 강물처럼 이미 흘러갔다고 말한다. 과거의 기억이 당신의 현재를, 당신의 미래를 포박하지 못하도록 하라고 말한다. 지나간 것은 지나간 대로 두라고 말한다. 그러나 많은 사람은 지나간 기억을 잊지 못해, 혹은 정리하지 못해 현재의 삶과 미래의 삶을 꾸려나가는 데에 어려움을 겪는다.

    이것은 가슴에 독화살을 맞고도 독화살을 뽑지 않는 사람과 같다. 독화살을 맞으면 우선 독화살을 뽑아야 한다. 그런데 사람들은 목숨이 경각頃刻에 달려 있음에도 독화살을 뽑지 않고 그 독화살을 쏜 사람이 누구인지, 독화살은 무엇으로 만들어진 것인지를 알아야 하므로 독화살을 뽑을 수 없다고 말한다. 그러면 독화살을 맞은 그 사람은 그것들을 알아내지 못하고 결국 죽고 말 것이다. 과거의 고통은, 고통의 독화살은 이제 뽑아야 한다. 고통의 시간은 강물처럼 흘러갔다.

유쾌하고 낙천적인
가젤처럼

　최근에 읽은 한 책에서 북미 원주민 추장은 딸에게 이렇게 말한다. "살아 있음은 초가을 황혼 무렵 풀을 스치는 바람소리 같고, 밤에 날아다니는 불나방의 번쩍임과 같고, 한겨울에 들소가 내쉬는 숨결 같은 것이며, 풀밭 위를 가로질러 달려가 저녁노을 속에 사라져버리는 작은 그림자 같은 것이다." 추장의 말은 무상無常을 말한 것으로 보인다. 마치 물 위에 떠서 이리저리 떠돌아다니는, 행선지도 없는 어떤 것과 같다고 말한 것으로 보인다. 그러나 이렇게 단순하고도 간략하게 생각하고 만다면 그것 또한 문제가 아닐까 한다. 추장이 말한 의미를 곱씹다 보면《금강경》의 한 대목이 절로 떠오르기 때문이다.

　"인연의 화합에 의해 만들어진 이 세상의 모든 것들은 꿈과 같고, 물거품과 같고, 허깨비와 같고, 그림자와 같다. 또한 이슬과 같고, 번갯불과 같으니 응당 이와 같이 이 세상 모든 것들을 관해야 한다."

　《금강경》의 이 말씀은 무상의 진리를 말한 것이면서 동시에 집착을 버리라는 가르침이다. 그러므로 이 말씀을 듣고 삶을 허무한 것으로만 여기거나 쓸모가 덜한 것으로만 여긴다면 곤란하다.

지금 내가 역경의 시간을 살고 있다고 가정해보면, 인생은 무상하여 끊임없이 변화하는 것이므로 역경의 시간에도 반드시 끝이 있기 마련이다. 즉 역경의 시간은 순경의 시간이 된다. 다만 우리가 역경의 시간을 사는 동안에는 '지금 고통이 있다'라고 관해야 한다.

인생이 무상하고 또 고통스럽지만, 그것을 있는 그대로 관할 때 고통은 수습되며 조절된다. 삶은 신속하면서도 원인과 결과라는 고리에 의해 역동적으로 움직인다. 삶이 변화의 향연장임을 바로 보는 사람은 삶을 긍정적인 방향으로 바꾸어놓을 줄 알게 된다.

코살라국의 왕은 부처를 만났을 때 부처의 제자들이 갖고 있는 활기에 놀라워했다. 부처가 제자들에게 고통을 피할 수 없다고 가르쳤음에도 부처의 제자들이 유쾌하고 생기 넘치고 심지어 낙천적인 것을 보고 놀라워했다. 코살라국의 왕은 부처의 제자들이 가젤처럼 청정한 마음을 갖고 있는 것 같다고

도 말했다. 부처의 제자들이 그처럼 득의양양했던 것은 고통
을 바로 볼 줄 알았기 때문이었다. 삶이 고통의 바다임을 곧이
곧대로 받아들이는 그 마음이 긍정과 환희를 만들어낸다.

지나가는 그림자를 벗고
단순하게

톨스토이는 "참으로 중요한 일에 종사하고 있는 사람은 그 생활이 단순하다. 그들은 쓸데없는 일에 마음을 쓸 겨를이 없기 때문이다"라고 말했다.

단순하게 한다는 것은 순도를 높이는 것이다. 적게 갖는다는 의미다. 줄이고 버리는 것이다.

수행자에게 소유물과 말과 생각을 줄이고 단순하게 살 것이 권장되듯이 우리도 단순한 상태를 살 필요가 있다. 한 시인은 단순한 마음의 상태에 대해 "분잡한 세속이 만들어내는 지나가는 그림자들을 벗어나는 일"이라고 했다. 그릇되고 순간적인 생각을 떠나보내고 내면의 심해를 찾아가는 일이라고 본 것이다.

걸명소

차를 마시면 마음이 중정中正에 앉게 된다. 지나치거나 모자람이 없이 적당하고 곧은 상태에 이르게 된다. 이백李白은 "옥천사의 진眞 스님이 차를 마신 덕에 나이 여든에 이르렀지만 얼굴빛이 복숭아와 오얏꽃 같았다"고 했고, 장자莊子는 찻잎의 푸른 윤기를 빙설氷雪의 흰빛에 비유했으니 좋은 차는 마음의 중정에 도달하게 할 뿐만 아니라 몸의 맑음에도 도달하게 하는 효험이 족히 있을 것이다.

내가 마시는 차는 대개 구걸해서 얻은 것이다. 지방의 지인들이나 산사의 스님들로부터 얻은 것이다. 차를 구걸해서 얻는 것이 큰 허물은 아닐 것이다. 다산 정약용은 강진 백련사에 주석했던 혜장 선사에게 차를 구하는 글, '걸명소乞茗疏'를 써서 보내기도 했다. '걸乞'은 구걸한다는 뜻이고, '명茗'은 차의 싹이라는 뜻이다. '걸명소乞茗疏'의 문장에는 이러한 내용이 있다. "아침 햇살이 펼쳐지고 일어날 때, 구름이 비 갠 하늘에 밝게 떠 있을 때, 낮잠에서 갓 깨어났을 때, 밝은 달이 푸른 시냇물에 잠겨 있을 때는 차를 마시고 싶습니다. (…) 아껴왔던 차통 속의 차가 이미 바닥이 났습니다. 산에 땔나무

를 하러 가지도 못하는 아픈 몸이어서 평소의 정분으로 차를 구걸하는 바입니다."

다산은 차를 마시기 좋은 때를 말했지만, 차를 마실 때 만나면 좋은 세 가지의 수려함도 있다. 옛 사람들은 그것을 소나무숲 사이로 떠오르는 달빛, 계곡의 흐르는 물소리, 눈앞에 솟아오른 앞산 산봉우리라고 했다.

차에 붙인 많은 이름 가운데 내가 좋아하는 것은 '승설勝雪'이라는 이름이다. 이 말은 눈이 많은 혹독한 겨울 한파를 이겨내고 발아한 찻잎을 비유한 것으로 추사 김정희의 호이기도 하다. 초의 선사가 홍현주라는 인물을 위해 썼다는《동다송東茶頌》의 첫 장에서 초의 선사는 "촘촘한 찻잎은 싸락눈과 싸워 겨울 내내 푸른 잎이어라"라고 했으니 유사한 맥락에 있다고 할 것이다. 또한 싸락눈과 싸워 이긴 후에는 차의 향이 흩어지지 않고 더욱 진해진다 했으니, 고통을 빈번하게 만나는 인사人事의 경우에도 좋은 말씀으로 여겨 간절하게 새겨들을 필요가 있을 것이다. 뿐만 아니라 초의 선사는 차나무의 잎눈이 촉을 내밀며 뾰족이 올라오는 모습을 '신이辛夷'라는 말을 빌려 표현함으로써 차나무의 새잎이 잇몸을 하얗게 드러내고 웃는다고 했으니, 우리의 매일매일에도 이와 같은 '신이', 즉 환희가 많았으면 좋겠다.

차의 여향을
노래하다

많은 시인들은 차에 관한 다양한 시를 남겼다. 중국 송나라 때의 시인 소동파는 이렇게 읊었다. "늙은 아내와 어린아이 차 사랑 알지 못해/ 한 움큼의 생강과 소금을 끓는 물에 넣었네."

차를 처음 마시는 이들이 차의 맛이 싱겁다고 여겨 생강이나 소금을 넣는 것을 안타깝게 생각하며 쓴 시다. 차의 여향餘香을 즐길 줄 모르는 인심을 애석하게 본 것이라 하겠다. 한 잔의 차에는 참된 향기, 난초의 향기, 맑은 향기, 순수한 향기가 있다고 했으나 보통의 사람들이 이를 알기는 쉽지 않을 것이다. 두보도 차를 마시는 일의 기쁨을 다음과 같이 노래했다. "남경에서 밭을 갈며 오래도록 나그네 되어/ 북쪽으로 난 창가에 앉아 애타게 북녘을 바라보고/ 낮에는 늙은 아내와 작은 배에 올라/ 강가에서 어린 것이 물장구치는 것을 바라보네/ 호랑나비 서로 좇아 날아다니고/ 두 송이의 연꽃은 저절로 짝이 되네/ 마실 차와 사탕수수 즙도 가져왔으니/ 자기瓷器 찻잔이 옥玉 찻잔보다 못할 것이 없구나."

두보는 안사의 난으로 고난을 겪었고, 관직을 구하는 일 또한 쉽지 않아 유랑 생활을 했다. 생활 또한 궁핍했다. 각지를 유랑하다 배 위에서 죽었다. 불우한 일생이었으나 이 시에는 평온한 한때와 차를 가까이 두고 사는 일의 행복이 잘 담겨 있다. 특히 자기 찻잔이 옥으로 만든 찻잔보다 못할 것이 없다고 노래한 대목에서는 그의 소탈한 심사가 느껴진다.

세한삼우

세계가 꽝꽝 얼어붙었다. 눈뭉치요, 얼음덩어리 같다. 아무리 볕을 직접 쐬더라도 요지부동으로 녹지 않겠다는 듯이. 세계 곳곳에 얼음이 딱딱하게 얼어 있고, 사물들은 돌처럼 제자리에 깊게 박혀 있다. 풀과 뒤엉켜 있던 덩굴은 모두 말랐다. 혈색이 창백하다. 고개를 들어 바라본 북쪽은 싸늘한 한기가 가득하다. 소설가 이태준의 산문 〈매화梅花〉를 읽다가 다음의 문장을 만났다.

"겨울이 너무 차다는 것은 우리의 체온이 너무 뜨거운 때문, 우리 역시 상설霜雪이나 매화 같을 양이면 겨울이 더워선들 어찌하랴. (…) 절개란 무릇 견디기 어려움에서 나고 차고 가난한 데가 그의 산지라."

혹한이 몰아치고 눈보라가 지나가는 때에도 이태준은 그러한 겨울의 한기를 의연하게 받아들였던 듯하다. 도리어 날씨가 얼음처럼 차지 않다면 흰 서리와 눈, 그리고 매화가 두드러질 수 있겠느냐고 되묻는다. 더 나아가 사람의 성품 가운데 지조의 경우도 세사世事 가운데 견디기 어려운 때에 당하여 살필 수 있고, 차고 가난하고 열악한 상황에서 알 수 있다고 말한다. 안정적이고 순조로울 때보다는 난관이 닥쳤을 때에 그 대처하는 것을 보아 인품을 짐작할 수 있다는 것이다.

소나무와 대나무와 매화를 세한삼우歲寒三友라 한다. 겨울의 때의 세 벗이라는 뜻이다. 잘 알려진 대로 추사 김정희는 제주도에 유배를 당하여 지낼 때에 자신에게 서적들을 구해다 보내준 제자 이상적을 위해 세한도歲寒圖를 그렸다. 그림에는 초라한 집 한 채와 고목古木 몇 그루가 전부다. 나무가선 곳에 풀이 다 시들어 있어 겨울의 때임을 충분히 짐작할수 있다. 그 그림의 한쪽에 추사 김정희는《논어論語》의 〈자한子罕〉 편의 구절인 '세한연후지송백지후조歲寒然後知松柏之後凋'를 썼다. 날이 차서 모든 것이 다 시든 때에 이르러서야소나무와 잣나무가 시들지 않는다는 것을 알게 된다는 의미다. 제자인 이상적의 절조를 소나무와 잣나무에 견주어 칭찬한 것이다.

매화는 또 어떠한가. 이태준은 같은 산문에서 "집안 사람이 온통 방심하여 영하 십 도가 넘는 날 밤 덩그런 누마루에그냥 버려두어 수선과 난초는 얼어 중상重傷이 되었으나 홍

매紅梅라도 매화만은 송이마다 꽃술이 총기 있는 계집애 속 눈썹처럼 또릿또릿해 주인을 반기지 않는가!"라고 감탄했다. 세한歲寒의 때에 이태준에게는 매화가 각별했던 것이다.

한편, 허균은 《한정록閑情錄》을 엮으면서 《하씨어림何氏語林》의 다음과 같은 글을 인용한다. "장목지張牧之는 죽계竹溪에 숨어 살며 세상과 사귀기를 즐겨하지 않았다. 그래서 손님이 찾아오면 대나무 울타리 사이로 어떤 사람인가를 엿보아, 운치 있고 훌륭한 사람인 경우에만 그를 불러서 자기 배에 태우거나 스스로 배를 저으면서 그와 담소하였다. 속된 사람들은 열이면 열 모두 그를 볼 수가 없었으므로 그에 대한 노여움과 비난이 그칠 날이 없었지만, 그런 것에 대해서는 조금도 개의치 않았다." 장목지에게 죽계는 은일隱逸의 처소였다. 그는 대나무 울타리를 속세로 나아가고 속세를 떠나오는 경계로 삼아 살았다. 그 마음의 경계 덕에 스스로를 지킬 수 있었다. 이때의 대나무도 지조의 뜻을 갖고 있기는 마찬가지다.

추사의
일로향실

　법정 스님의 글을 읽었다. 아침 예불을 마칠 때마다 늘 냉수를 두 컵 마신다는 대목, 그리고 어느 눈 오는 겨울에 석창포와 자금우가 심긴 두 개의 화분을 곁에 두며 지내고 있다는 대목이 눈에 들어왔다. 스님은 이 작은 화분을 창가에 두고 이따금 말을 건네고 눈을 맞출 때면 한 식구가 된 기분이라고 썼다. 이 두 대목을 읽으며 잠깐씩 생각에 잠겼다. 겨울 산방의 모습이 설핏 보이는 것 같았다. 맑게 깨어 있음과 적적함에 대해 생각했다. 조용하고 조금 쓸쓸하게, 또 무심하게 사는 일에 대해 생각했다.

　근일에 내가 혼잣말로 중얼중얼하는 단어가 하나 있는데, 바로 '적거謫居'라는 단어다. 적거는 귀양살이를 하는 것을 일컫는 말이다. 이 생소한 단어를 제주도 서귀포시 대정읍에 있는 추사관에서 알게 되었다.

　추사 김정희는 1840년 9월 2일에 제주 대정에 유배되었다. 추사가 해배解配된 것은 1848년 12월 6일이었다. 추사는 꼬박 8년 3개월을 제주 적거지에서 살았다.

　추사는 대흥사 초의 스님과 인연이 두터웠다. 제주에서 유배 생활을 하는 내내 추사는 초의 스님과 교유했다. 추사는 스님에게 보낸 편지에서 "입과 코의 고통은 여러 해가 지나도 그대로이고, 또 눈마저 눈곱이 낍니다. 사대육진이 마에 휘둘리지 않음이 없으니 한탄할 뿐입니다"라고 쓸 정도로 몸에 병환이 있었다. 초의 스님은 추사에게 목련꽃 봉오리 약재인 신이화辛夷花를 보냈고, 또 차를 보냈다.

나는 추사의 제주도 적거에 대해 이런저런 생각을 하면서 추사가 쓴 '일로향실一爐香室'이라는 글씨를 자주 들여다보게 되었다. 추사는 차를 보내주는 초의 스님의 성의에 고마운 뜻을 전하기 위해 제자 소치 허련의 인편으로 이 글씨 편액을 써서 보냈다. 일로향실은 '차를 끓이는 다로茶爐의 향이 향기롭다'는 의미다. 스님과 함께 차를 마시던 때의 차의 향이 은은하던 방을 추사는 떠올렸을 것이다. 추사는 유배의 때에 '일로향실' 외에도 '명선茗禪'과 같은 묵적을 걸작으로 남겼는데, 이 시기에 이르러 추사의 글씨는 기름진 것을 덜어내고 골기骨氣를 얻었다는 평가를 받았다.

'일로향실'의 글씨를 보노라면 추사가 자신을 단속하고 제어하려고 얼마나 애썼는지를 짐작할 수도 있을 것 같다. 그는 일로향실의 공간을 염두에 둠으로써 외롭고 쓸쓸한 가운데서도 한가함을 얻으려 했고, 세속의 속됨과 번거로움으로부터 벗어나려 했던 것 같다. 그러므로 일로향실의 공간은 높고 신성한 정신의 공간이 아닐까 한다. 그러므로 일로향실은 홀로 있으면서도 순수하고 자유로운 방이다. 자신의 마음 상태를 살펴 다스리는 방이다. 부정적인 감정이 생겨나는 것을 이해하고, 자기 내면의 슬픔과 두려움의 수위를 낮추는 방이다. 그러므로 이 방은 시야를 넓히는 곳이요, 자신에게도 친절을 베풀어 휴식을 주는 곳이다. 마치 석창포와 자금우를 길러 춥고 메마름을 견디려고 했던 법정 스님의 겨울 산방처럼. 그리고 이러한 방은 가상의 공간이든 실제의 공간이든 세파와 속진에 시달리는 우리에게도 필요하다.

추위가 혹독해지고, 잎들이 시든 이때에 적거지에 살았던 추사를 생각한다. 그 비좁았을 방을 생각한다. 비좁았지만 향이 가득했기에 더없이 넓었을 방을 생각한다.

소동파의
여산진면목

"정처 없는 우리 인생 무엇과 같을까?/ 기러기가 눈밭 위를 배회하는 것과 같으리./ 진흙 위에 어쩌다가 발자국을 남기지만/ 기러기가 날아간 뒤엔 행방을 어찌 알리?/ 늙은 스님은 이미 죽어 사리탑이 새로 서고/ 낡은 벽은 허물어져 글씨가 간데없네./ 힘들었던 지난날을 아직 기억하는지?/ 길이 멀어 사람은 지칠 대로 지치고/ 나귀는 절뚝대며 울어댔었지."

이 시는 소동파가 쓴 〈설니홍조雪泥鴻爪〉라는 시다. 이 시는 정처 없는 인생의 무상함을 노래한다. 소동파의 삶을 들여다보면 부침이 유난했다. 실각이 되어서 귀양살이했고, 또다시 복권되어 득의했다. 이 둘 사이의 낙차를 반복적으로 오갔다. 심지어 그는 환갑이 넘은 나이에 해남도에 있는 담주에까지 유배되기도 했다. 그가 여주로 유배지를 옮겨가던 중 여산廬山을 보고 쓴 시는 잘 알려져 있다.

가로로 보면 산줄기 옆으로 보면 봉우리

멀리서 가까이서 높은 데서 낮은 데서

보는 곳에 따라서 각기 다른 그 모습

바람이 불면 바람이 부는 나무가 되지요

여산의 진면목을 알 수 없는 건

　이 몸이 이 산속에 있는 탓이리.

　'여산진면목廬山眞面目'이라는 말은 이 시에서 비롯되었다. 이 시를 읽고 나면 실각과 복권이라는 두 정치적 입지를 추처럼 오간 그의 안타까운 소회가 녹아 있는 것만 같다. 소동파는 여산의 본모습을 질문하면서 권력의 본모습은 무엇이고 또 그것을 지향하는 인간의 안과 겉은 어떤 것인지를 스스로 물었을 것이다. 그리고 그가 느낀 것은 아마도 무상함이었을 것이다. 생의 고단함을 물 위에 떠서 이리저리 떠돌아다니는 부표에 빗대었듯이 첩첩이 둘러싸인 깊은 산속 나그네의 고립된 신세와 방황하는 심사가 곧 우리 삶의 면목이 아닌가 싶다.

내 고향은
고슴도치가 출몰하는 곳

몇 해 전에 만난 중국의 시인 지디마자가 가끔 생각난다. 그는 중국 쓰촨성 량산에서 태어났다. 소수 민족인 이족의 사람이었다. 내가 그를 만났던 당시 그는 칭하이성의 부성장을 맡고 있었다. 그의 시는 매우 독특했다. 이족의 풍습에 관한 시들이 주류였는데, 그의 시편들은 여러 나라의 언어로 번역이 되어 있었다. 이족의 아이가 태어날 때 아이의 어머니는 깨끗한 강물로 아이를 목욕시킨다거나, 이족 어머니가 죽으면 몸을 오른편으로 눕혀 화장하는데 이는 신령 세계에서 왼손으로 실을 잣기 위함이라는 내용 등이 그것이다.

소수 민족의 후손으로 태어났음에도 지디마자는 이족의 풍습을 슬프고도 아름다운 시를 통해 세계인들에게 들려준다. 그렇다면 왜소한 출생의 배경을 거대한 자부심으로 바꾼 힘은 어디에서 생겨난 것일까. 아마도 긍정의 에너지를 그가 갖고 있기 때문이 아닐까 싶다. 지디마자는 자신의 고향인 쓰촨성 량산 이족 자치주 부투어현이 이족어로는 '고슴도치가 출몰하는 곳'이라는 뜻을 가졌다고 했다. 그는 다량산, 샤오량산을 일컬어 "내 정신의 영원한 고향"이자 "신성한 배경"이라고 말한다.

지디마자가 쓴 〈고통에 바치는 송가〉를 읽어보면 그가 얼마나 긍정적인 내면의 소유자인지 잘 알게 된다. 그는 자신이 찾아 헤맸던 고통을 향해 "따스한 팔을 뻗어 품 안에 끌어안"는다. 그러고는 자신이 고통을 원함은 "바로 나의 선택"이었다 고백한다.

고통을 받으면서도, 그 고통이 전류에 덴 것처럼 충격적이고 아픈 것이어도 고통의 체험을 오히려 숭고한 것으로 받아들이는 일은 결코 쉬운 일이 아니다. 그러나 고통받고 있는 것조차 내가 선택한 것이라고 여길 때 우리는 고통을 넘어선다. 내가 선택한 것으로 말미암아 어떤 결과가 내 머리에 가시나무를 떨어뜨려도 다 받아들이겠다고 말할 수 있는 것은 담대한 용기를 갖고 있기 때문에 가능하다. 그것은 어떤 역경과도 정면으로 마주서는 일이기 때문이다. 그것은 자신을 저 깊은 뿌리로부터 신뢰한다는 뜻이기도 하다. 이러한 긍정적인 에너지를 소유한 사람에게 설령 고통이 오더라도 고통은 머잖아 그를 떠나갈 것이다. 그리고 떠나는 순간

아주 귀한 선물을 그에게 주고 갈 것이다. 영혼의 성숙이라

는 선물을.

바람이 불면 바람이 부는 나무가 되지요

고독이 자라나는
시간

'고독과 방랑 그리고 장미 또는 모순의 시인'으로 불린 라이너 마리아 릴케. 릴케에게는 생활의 규칙이 있었다. 그 가운데 하나는 오전 시간을 활용해서 편지를 쓰는 일이었다. 릴케는 스스로 "저는 편지를 아직도 인간들 사이의 가장 멋지고 풍요로운 교제 수단으로 생각하는 구시대풍 사람들 중의 한 사람입니다"라고 말했다.

특히 릴케는 프란츠 크사버 카푸스라는 문학 지망생에게 1903년부터 5년 동안에 걸쳐 10통의 편지를 보냈는데, 잘 알려진 대로 그것이 책으로도 출간된《젊은 시인에게 보내는 편지》다. 릴케는 매번 편지의 앞머리에 "친애하는 카푸스 씨"라고 정중하게 썼다. 물론, 편지의 끝에는 "당신의, 라이너 마리아 릴케"라고 써서 관심과 애정을 각별히 표현하는 것도 빠뜨리지 않았다.

이 편지글에서 릴케는 '위대한 고독의 내면'을 상당히 강조한다. 가령 다음의 문장들을 읽을 때 이러한 사실은 분명하게 발견된다. "친애하는 카푸스 씨, 당신의 고독을 사랑하고 당신의 고독이 만들어내는 고통을 당신의 아름답게 울리는 비탄으로 견디게 하세요." "고독은 단 하나뿐이며, 그것은 위대하며 견뎌내기가 쉽지 않습니다. 거의 누구에게나 고독을 버리고 아무하고나 값싼 유대감을 맺고 싶고, 마주치는 첫 번째 사람, 전혀 사귈 가치조차 없는 사람과도 자신의 마음을 헐고 하나가 된 듯한 느낌에 빠지고 싶을 때가 있기 마련입니다. (…) 그러나 그때가 바로 고독이 자라나는 시간입니다."

이 편지글의 문장은 읽을 때마다 새롭고, 글쓰는 나를 돌아보게 한다.

두 개의 고독

한 개인의 아주 사적인 고독을 중요하게 여긴 릴케는 사랑의 감정이 교환되는 것에 대해서도 남다른 해석을 했다. 사랑의 관계는 '두 개의 고독' 사이에서 발생한다는 것이 그의 해석이었다. "우리의 사랑은 두 개의 고독이 서로를 보호해주고 서로의 경계를 그어놓고 서로에게 인사를 하는 사랑입니다"라고 그가 말했을 때 릴케의 관점은 좀더 선명해진다. 왜 릴케는 '두 개의 고독'이라고 말했을까. 보통 우리는 사랑의 감정을 사용할 때 '완벽하고 충분한 이해'와 '높고 우아한 공감'의 능력을 과시하는데 말이다.

나의 이러한 의문은 릴케가 다음과 같은 문장을 썼다는 것을 알았을 때 조금은 풀렸다. "사람들이 보통 생각하는 것처럼 우리가 모든 것들을 다 이해할 수 있고 또 말로 표현할 수 있는 것은 아닙니다. 대부분의 사건들은 말로 표현할 수 없습니다. 왜냐하면 그것들은 우리의 말이 한 번도 발을 들여놓지 못한 영역에서 일어나니까요." 이 문장은 여러 가지로 응용이 가능한 문장이다. 모든 것, 다시 말해 모든 대상의 겉과 사건들이 말로 표현될 수 없듯이 우리는 모든 존재들의 내면을

다 이해할 수 없다. 왜냐하면 그곳은 우리가 "발을 들여놓지 못한 영역"으로서 상당한 영역은 미지의 상태에 있기 때문이다. 저 노르웨이 니가스브린 빙하의 내부처럼. 누군가의 내면이 거대한 얼음덩어리이며 그 얼음덩어리가 푸른빛을 띠고 있다고 상상해보라. 모든 내면은 얼마나 신비로운가.

우리가 무엇인가에 대해서, 그리고 누군가의 내면에 대해서 다 알 수 없다는 것을 인정한다면 이것은 아주 획기적인 변화에 해당한다. 왜냐하면 이러한 변화는 호두의 단단한 껍질을 맨손으로 깨는 것보다 어렵기 때문이다. 내가 누군가에게 사랑의 감정을 사용하는 일 또한 누군가의 고독을 보호해주는 일이라고 생각할 때 내가 지금껏 갖고 있던 생각의 틀은 바뀌게 된다. 모든 내면은 가공하지 않은 원석原石—곧 세공을 거쳐 아홉 개의 보석으로 다듬어지겠지만—의 상태에 있다.

저녁의 시간을
맞으며

그리스 시인 사포가 쓴 〈저녁별〉이라는 시를 오늘 읽었다. 시는 짧았다. "저녁별은/ 찬란한 아침이/ 여기저기에다/ 흩뜨려놓은 것을/ 모두 제자리로/ 돌려보낸다./ 양을 돌려보내고/ 염소를 돌려보내고/ 어린이를 그 어머니 손에/ 돌려보낸다."

이 시는 참 여러 가지를 생각하게 한다. 우리들의 일상에서 아침이 하는 일이 무엇인지를, 낮에 우리는 무엇을 욕망하는지를, 본래의 자리 즉 제자리가 어디인지를, 그리고 내가 저녁마다 돌려보내야 할 것의 목록이 무엇인지를 생각하게 한다.

타고르가 저녁에 대해 노래한 문장도 매력적이다. "당신은 나의 다망한 날의 여행을 통해서 나를 나의 저녁의 고독에로 이끌어주세요. 나는 밤의 고요함을 통해서 고독의 의미를 추구하고 있습니다."

저녁은 빛이 스러지는 때다. 빛은 서서히 사라진다. 모래가 바람에 흩어지듯이. 그리고 깊은 데로 들어간다. 내면이라는 곳으로. 혹은 제자리라는 곳으로. 그러므로 저녁의 시간은 돌아오고, 돌아가는 시간이다.

나는 저녁의 시간에 많은 것을 기다렸다. 아버지와 어머니가 들판에서 돌아오기를 기다렸다. 초저녁별이 우리집 지붕 위로 돌아오기를 기다렸다. 풀밭에서 염소를 몰고 돌아오기도 했다. 아버지로부터 소를 받아 집으로 몰고 오기도 했다. 내게 저녁의 시간은 돌아오는 것을 기다리고, 또 손수 맞이하는 시간이었다.

바람이 불면 바람이 부는 나무가 되지요

3부

또 다른 내일이 온다

내 속의 거인을
깨워라

  감성은 오관五官을 통해 세계를 감각하는 능력이다. 오관
은 눈, 코, 귀, 혀, 피부를 말한다. 그러므로 감각 기관을 바깥
을 향해 활짝 열 때 감성은 활발하게 작동하고, 감성을 통해
얻게 되는 내용물도 많아지게 된다. 이리저리 감성과 관련된
책을 찾아보니 그 수를 헤아리기도 어려울 지경으로 많다. 감
성을 주목하는 시대라는 의미일 것이다.

  이하석 시인의 시집《연애 間》에 실린 '시인의 말'을 읽었
을 때 이것이야말로 감성을 얻는 방법을 이르고 있구나, 라고
생각했다. "서서 흐르는 시간을 냇물 밑에 웅크린 까만 돌처
럼 느끼면서"라고 시인은 썼다. 냇물이 흐르고 그 냇물 속에
물돌이 하나 있다. 냇물이 흐르는데 그 냇물은 물돌의 입장에
서 보면 서서 흐르는 것만 같았을 것이다. 그리고 그 흐름은
시간의 경과를 뜻하는 것이겠다. 시간이 흘러감을 온몸으로
느끼는 "냇물 밑에 웅크린 까만 돌처럼" 우리도 이 우주의 냇
물 아래 웅크린 하나의 까만 돌이다. 냇물의 흐름은 우주 생
명 세계의 모든 변화, 우주 생명 세계의 생겨남과 자라남과
사라짐을 말하는 것이겠다. 우리의 처지가 이러함을 알 때 감

성은 움직이지 않으려고 해도 움직이지 않을 수 없을 것이다.

감성도 상상력과 마찬가지로 '보통의 조건'에서 벗어날 때 풍성해진다. '보통의 조건'이라 함은 분별하고, 등수를 정하고, 지금의 때에 여지가 없고, 다가올 시간에 대해 극히 확률적으로 예측하고, 과정보다는 결과를 중시하고, 디지털 시계처럼 감정을 사용하고, 극도로 각박한 것 등을 의미한다. 이런 상태에서는 잠재된 감성이 깨어나지 않는다. 잠이 든, 거인 같은 감성을 깨울 수 없다.

감성은 어떻게 살려낼 수 있을까. 우선은 우리의 내면이 '무언가 자라나는 곳'이라고 생각해야 한다. 자라난다는 것은 움직인다는 의미다. 구름떼처럼 눈보라처럼 복잡하게 불규칙하게 생겨나고 사방으로 밀리면서 옮겨간다는 것이다. 이러고 보면 우리의 내면은 하나의 화분이라고 말해도 좋겠고, 하나의 어장漁場이라고 말해도 좋겠고, 언제 분화할 줄 모르는 하나의 화산이라고 말해도 좋겠다.

다만 이러한 우리의 내면이 바깥의 세상을 만날 때에는, 접촉할 때에는 보다 유심한 상태여야 한다. 바깥 세상과 만날

때에 생겨나는 우리 내면의 속뜻을 주의깊게 읽어야 한다. 속뜻을 읽으려면 내 생각을 낮춰야 한다. 그리고 바깥 세상과의 만남과 접촉을 내가 일방적으로 종료하지 않고 그 끝을 가만히 기다려야 한다. 이러할 때 우리 내면은 그 스스로의 여린 떨림을 느끼게 되고 이내 감격하게 된다. 내 속의 거인이 깨어나는 순간이다.

나는 항상
내가 할 수 없는 일을 한다

어떤 열렬한 애정을 갖고서 열중하는 사람이 감당하지 못하는 일은 없다. 그래서 피카소도 "나는 항상 내가 할 수 없는 일을 한다. 혹시 내가 그 일을 어떻게 하는지 배우게 될지도 모르니까"라고 의욕적인 열정을 예찬했던 것이다.

열정에 대해 생각할 때 떠오르는 예술가가 한 명 있다. 〈생각하는 사람〉〈발자크〉〈지옥의 문〉 등을 조각한 조각가 오귀스트 로댕이다.

로댕은 파리 빈민가에서 태어났다. 그는 응용 미술학교에 3년을 다녔을 뿐이다. 진흙에 반해 조각가의 꿈을 키웠지만 전문적인 미술학교에는 들어가지 못했다. 그러나 조각을 향한 그의 열정은 식지 않았다. 수도원에 들어가기도 했으나 다시 조각가의 길을 갔다. 낮에는 조각 공방에서 직공으로 일하고, 밤시간에는 자신만의 예술작품을 만들었다. 박물관에서 여는 드로잉 수업에 참여하고, 의대의 해부학 수업을 참관하면서 작품을 구상하기도 했다. 이러한 노력 덕에 그는 서양 근대 조각의 대표적인 주자가 되었다.

그는 이렇게 말했다. "미美는 어디에나 있다. 그것은 우리의 시야 내에 없을 리 없다. 다만 우리의 눈이 그것을 알아보지 못할 뿐이다." 또한 그는 이런 말을 남기기도 했다. "돌덩이를 보면서 불필요한 것을 다 쳐내고 나면 꼭 있어야 할 것만 남는 완성된 조각이 탄생한다."

걸어가는
사람

　스위스 태생의 조각가이자 화가, 판화가인 알베르토 자코
메티의 특별전에 다녀왔다.

　공동의 수도와 공동의 화장실이 있는, 일곱 평 남짓의 작
고 허름한 작업실에서 인간의 실존을 왜소한 선의 형태로 응
축한 작품들을 탄생시켰다고 하니 놀라울 뿐이었다. "우습게
도 내가 처음 몽파르나스의 이폴리트 맹드롱에 위치한 이 작
업실을 가졌을 때 난 이곳이 매우 작다고 생각했다. 하지만
오래 있을수록 이곳은 점점 커졌다. 나는 내가 원하는 모든
것을 이곳에 넣을 수 있다"라고 말했는데, 죽을 때까지 협소
한 화실을 떠나지 않았지만 그의 작품 세계는 그곳에서 무한
한 너비와 깊이로 확장되고 나날이 심오해졌다.

　전시회장에 들어섰을 때 나는 한 장의 사진을 보고선 그
앞에 한참 서 있었다. 사진작가 앙리 카르티에 브레송이 자코
메티를 찍은 사진이었다. 마른 몸의 자코메티가 왼손에 담배
를 들고 빗속을 걸어오고 있었다. 우산을 받치지 못한 그는
빗방울을 피하려고 코트를 위로 끌어올려 머리를 덮었다. 이
쪽을 향한 눈빛에는 서글픔과 쓸쓸함이 배어 있는 것 같았지

만 동시에 어떤 견고한 의욕 같은 것도 느껴졌다. 어쨌든 시선을 멀리 두고 빗속을 걸어오는 한 예술가의 이 사진은 은둔해 살면서 사물과 인간의 본질을 드러내려고 했던, 허약하지만 까다롭고 고집이 센 한 예술가의 실물의 초상 같았다.

전시회장에서 자코메티 작품의 모델로 등장했던 사람들의 면면을 살펴보는 일도 흥미로웠다. 아내 아네트, 동생 디에고, 일본인 이사쿠 야나이하라, 연인 캐롤린, 사진작가 엘리 로타르 등이 그의 작품의 주요 모델들이었다. 동생 디에고와의 관계는 돈독했다. 전시회장에서 나는 자코메티가 엘리 로타르 반신상을 빚는 영상을 보았는데, 그 영상은 자코메티가 마지막으로 작업하는 것을 녹화한 것이기도 했다. 그 영상에 따르면 자코메티는 난방이 되지 않는 작업실에서 엘리 로타르의 반신상을 미완성 상태로 놓아두되, 진흙이 얼어터질 것을 염려해서 젖은 천으로 반신상을 두르고 감싸놓고선 정기 검진을 받으러 병원을 찾게 된다. 그러고 나서 자코메티는 안타깝게도 작업실로 돌아오지 못하고 세상을 떠난다. 형이 세상을 떠난 날, 동생 디에고는 밤 기차를 타고 형의 작업실을 직접 찾아가 자코메티가 천으로 둘러놓은 석고 흉상을 주조하고 형의 무덤 위에 그 청동 표본을 놓아둔다. 그리고 형의 마지막 작품인 그 흉상 옆에 자신이 청동으로 만든 작은 새를 나란히 앉혀 놓는다. 디에고가 형을 대하는 자세에는 형제애 이상의 뭉클함이 있었다.

"인간은 어느 날 갑자기 살아 있는 게임을 이유 없이 그만두어야 한다는 것을 깨닫는다. 욕망이 너의 눈을 가려 삶을 이끌었다면, 인생은 생각보다 허망하고 덧없는 '꿈'이었음을 탄식하리라." 자코메티의 이 말에는 죽음의 그림자가 짙게 드리워져 있다. 자코메티는 19세의 나이에 함께 여행을 하던 피터 반 뫼르스가 호텔에서 갑작스럽게 죽음을 맞게 된 것을 목격한 후 큰 충격에 휩싸인다. 그 일이 있고 난 후로 죽음에 대한 공포 때문에 평생을 불을 켠 채 잠을 자게 된다. 그러나 자코메티가 작품을 통해 드러내려고 한 메시지는 숙명적인 죽음 그 너머를 바라보는 데에 있지 않을까 생각한다. 가령 자코메티는 이렇게 말한다. "결국 우리는 모두 죽는다. 그래서 매일매일 탄생의 기적을 경험한다." 우리에게 언젠가 도래

할 죽음을 피할 수는 없지만, 그렇게 본다면 "인간은 정말 아무것도 아니"지만, 그로 인해 지금 살아 있는 이 순간이 보석처럼 소중한 시간임을 알아야 한다고 말하는 것일 테다. 그가 끝내 응시한 것은 죽음을 앞둔 사람의 막막한 낙담이 아니라 지금 여기서 살고 있는 사람이 만들어내는 생기와 삶의 빛나는 순간이었던 셈이다.

전시회장에서 가장 많은 시선을 받은 작품은 역시 〈걸어가는 사람〉이었다. 깡마른 체구에 큰 키의 한 사람이 보행하는 작품인데, 작품에 대한 느낌이 단순하지 않고 꽤 복잡했다. 나는 누구인가를 질문하는 듯했고, 눈빛은 강렬했으므로 어떤 지향을 선명하게 내비치는 듯했고, 발은 큼직해서 이 세계에 굳게 선 듯했고, 보폭은 넓어서 걸음이 몹시 단호해 보였다. 그러면서도 묘하게 숙명적인 슬픔 같은 분위기도 전해져 왔다. 적적하고 아름답고 미묘한 전율과 함께.

'걷는다'는 말은 보행 이상의 의미를 갖고 있다. 작품 〈걸어가는 사람〉은 미래의 불안을 견뎌내며 묵묵하게 살아가는 우리들 실존의 모습일 것이다. 자코메티는 말한다. "마침내

나는 일어섰다. 그리고 한 발을 내디뎌 걷는다. 어디로 가야 하는지, 그리고 그 끝이 어딘지 알 수는 없지만, 그러나 나는 걷는다. 그렇다. 나는 걸어야만 한다." 포기하지 않고 계속 걸어갈 때 새로운 가능성의 순간을 맞을 수 있다는 것을 자코메티는 말하는 듯했고, 또 그렇게 계속 걸어갈 때에 새로운 시작이 이뤄질 수 있다는 것을 말하는 듯했다.

"난 살아 있는 것을 표현하고 싶은 거야, 바로 생명을 표현하고 싶은 거야"라고 자코메티는 말했다. 그는 살아 있는 사람의 얼굴 속에 숭고함이 있다고 보았다. 그는 살아 있는 사람의 생명 에너지와 눈빛을 부각시키려고 했다. 그래서 그가 몰두한 것도 눈빛과 시선을 담고 있는, 사람의 두상이었다. 그는 자신의 바로 앞에 앉은 모델의 눈을 가장 먼저 드로잉했다.

조각에 생명을 불어넣은 창조주라고 불리었던 자코메티. 연필이야말로 자신의 강력한 무기라고 자신 있게 강조해서 말했던 자코메티. 1966년 1월에 영면에 든 자코메티. 그가 예술 작품을 통해 의미심장하게 표현하려고 한 것은 좌절하지 않고 뚜벅뚜벅 걸어가는 인간에 대한 깊은 신뢰였다.

자연으로
더 부드럽게 돌아가다

예술 작품을 접하면 우리들 마음속 깊은 곳에서 감흥이 일어난다. 이 흥미롭고도 신나는 흥취를 나는 최근에 느꼈는데, 그것은 국립현대미술관 덕수궁관에서 화가 유영국의 작품들을 접하고 난 후였다.

그 스스로도 "산은 내 앞에 있는 것이 아니라 내 안에 있다"라고 했고, "내 그림은 주로 '산'이라는 제목이 많은데, 그것은 산이 너무 많은 고장에서 자란 탓일 게다. 무성한 잎과 나뭇가지 사이로 잔디밭에 쏟아지는 광선은 참 깨끗하고 생기를 주는 듯 아름답다"라고 했다.

유영국 그림에서의 산은 깊은 계곡, 나무들, 해와 달, 계절과 함께 있었다. 산을 통해 그는 생명의 씨앗을 품은 흙, 갖가지의 높고 낮은 지형, 새로운 신록, 낮과 밤의 교체, 물든 잎사귀, 동토凍土와 해토解土 등을 표현했다.

그리고 그 하나의 산은 겹겹의 산과 함께 어울려 있었고, 동시에 산맥에서 나뉘어 갈라진 단독의 산으로서도 존재하고 있었다. 산을 소재로 해서 그는 관계에 대해 말하고자 한 것이 아니었을까 싶었다. 산이 산과 조화롭게 호응하고 있었

고, 산이라는 하나의 큰 시공간 내부에 사는 존재들은 서로 대등하게 주고받고 있었다.

'산'을 주로 그린 시기에 그는 "예순 살까지는 기초를 좀 해보고, 이후 자연으로 더 부드럽게 돌아가보자는 생각으로 그림을 그렸다. 그림 앞에서 느끼는 팽팽한 긴장감, 그 속에서 나는 다시 태어나고 새로운 각오와 열의를 배운다. 나는 죽을 때까지 이 긴장의 끈을 바싹 나의 내면에 동여매고 작업에 임할 것이다"라고 언급했다. 60세가 될 때까지의 작업을 기초를 공부하는 과정이라고 표현한 것에는 겸손함이 묻어 있는 것이겠는데, 무엇보다 "자연으로 더 부드럽게 돌아가보자"라고 표현한 대목에서는 때묻지 않은 순수함과 모나지 않고 부드러운 완곡함이 느껴졌다.

유영국 화가는 1916년 울진에서 태어났고 1935년 일본으로 건너가 추상미술을 공부했다. 1943년 귀국해 해방과 한국전쟁의 시기에는 어부와 양조장 주인으로 생계를 이어갔다. 1950년대 후반부터 본격적으로 그림을 그리기 시작했고, 나이 48세에 첫 개인전을 열었다.

이 첫 개인전 개최 후 2002년 타계할 때까지 전업 작가로서 오직 집과 작업실만을 오가며 예술혼을 불태웠다. 그는 하루하루를 철저하게 규칙적으로 통제하면서 작품 활동에 몰두했다. 매일 아침 8시부터 작업실에서 작업을 시작하면 오후 6시까지 꼼짝하지 않고 제작에 온 힘을 쏟았으니 실로 놀라운 열정이 아닐 수 없다. 규칙적인 일과에 대해 그의 아내는 "남편이 자주 아팠기 때문에 잃어버린 시간을 메우려고 속으로부터 생겨난 습관"이라고 말했다.

1975년 만 59세에 이르러서야 처음 작품이 팔리기 시작했는데도 그는 일생을 오직 전업 작가로 살았다. 1977년부터 심장 박동기를 달고 살았고, 8번의 뇌출혈과 37번의 입원 생활을 하면서도 400여 점의 아름다운 유화 작품을 세상에 남겼다.

미술계에서는 그의 작품에 대해 "회화적 아름다움이 다다를 수 있는 최고의 경지에 도달"했고, 특히 그는 색채의 변주에 능해 "같은 빨강 계열의 작품에서도, 조금 더 밝은 빨강, 진한 빨강, 탁한 빨강, 깊이감 있는 빨강 등 미묘한 차이를 지닌 다양한 '빨강들'이 탄탄한 긴장감을 제공하며, 동시에 절묘한 조화를 이루어낸다"라고 높이 평가했다.

훌륭한 예술 작품의 탄생 이면에는 예술가의 치열한 예술혼이 숨어 있다. 화가 유영국은 이렇게 말했다. "창작 과정에서 막다른 골목에 이르렀을 때에 나는 항상 뚫고 나갈 길이 있다고 생각한다. 그래서 한 작품은 다른 작품을 위한 과정이고 계속적으로 작품을 해야 하는 근거가 된다." 참으로 멋진 말이다. 더 어둡고 낮은 갱도를 내려가 채탄을 하는 광부처럼 몸도 의지도 강건하지 않으면 창조물도 생겨나지 않는 것이다.

유영국의 작품과 그의 생애에 대해 알게 되면서 나는 근래에 내가 사석에서 만났던 문단의 어른 한 분이 "원고지 3000매를 썼는데 500매를 쳐야 해"라고 말해 나를 놀라게 했던 기억이 떠올랐고, 또 다른 분이 "나는 싱거운 시는 안 써. 같은 정도의 같은 수준의 시를 쓰는데 이젠 한 칠팔 년 전보다 두세 배는 힘이 들어. 깊이깊이 생각하면서 써야 해"라고 말해 또 한 번 나를 놀라게 했던 일이 떠올랐다.

댓돌 위에 벗어놓은
두 짝의 흰 고무신

내가 사는 곳 인근인 양주시에는 양주 시립 장욱진미술관이 있다. 그곳에서 먹그림과 도자기 그림을 선보이고 있다고 해서 다녀왔다.

미술관에는 장욱진의 먹그림 30여 점, 그리고 윤광조, 신상호 등 도예가들과 함께 협업해서 제작한 도화陶畵 작품 30여 점이 전시되어 있었다. 화선지에 먹으로 그린 작품을 장욱진 스스로 먹그림이라고 불렀다. 그는 그림을 그려보라며 아내에게 먹과 벼루를 직접 사주기도 했다. "먹은 딱 장소가 있어요. 그리고 시간이 정해져 있어요. 그러니까 새벽에 맑을 때. 먹그림으로 그린 거지. 재료를 먹으로 했다 뿐이지. 그건 내 체질에 맞아. 가령 내 도화도 똑같아요. 그것이 내 체질에 맞기 때문에 한 거예요"라고 말한 적이 있고, 장욱진은 먹그림을 통해 주로 불교의 선禪 사상을 표현했다. 그림의 내용도 미륵불, 절, 심산深山, 새, 심우도, 수행자, "하늘 위와 하늘 아래에서 오직 내가 존귀하다"라고 외치는 부처 등을 그렸다.

이러한 먹그림 화풍의 배경에는 화가의 아내가 불자인 점도 다소의 영향이 있었지 않았나 싶다. 장욱진 화가는 아내가 불교 경전을 외는 모습을 보고선 깊은 인상을 받아 아내를 부처의 모습으로 그리기도 했다. 그리고 그 그림의 제목을 〈진진묘〉라고 붙였다. 진진묘는 아내의 법명이기도 했다.

미술관에서 단연 눈에 띄었던 작품은 화가의 장남이 양주시에 영구 기증한 〈가족도〉였다. 장욱진은 가족의 풍경을 많이 담았던 화가이기도 했다. 그는 "나는 누구보다도 나의 가족을 사랑한다. 그 사랑이 그림을 통해 서로 이해된다는 사실이 다른 이들과 다를 뿐"이라고 표현했을 정도였다. 〈가족도〉는 아주 단순한 구도의 작품이었음에도 가족의 끈끈한 유대감과 애틋해하는 마음이 잘 느껴졌다. 그림의 양편 끝에 두 그루의 푸른빛 나무가 균형을 맞춘 듯 서 있고, 지붕 위로는 네 마리의 새가 열을 맞춰 날고 있고, 낮은 지붕의 집에는 네 명의 식구가 서로 붙어 서서 바깥을 조용히 바라보고 있었다. 식구들의 얼굴은 둥글둥글하고 원만했다. 바깥 공간의 채색이 붉은빛인 것으로 보아선 아마도 석양 무렵이 아닐까 싶었다. 특히 집의 공간을 마치 위에서 내려본 듯이, 조감도처럼 평면적으로 분할하고 있는 그 안정된 구도가 고유하고 좋았다.

장욱진은 세속으로부터 멀리 떨어진 곳을 찾아 살면서 그림 그리기에만 몰두했던 예술가였다. 국립중앙박물관에서 근무한 때와 서울대학교 미대 교수로 있었던 시기를 제외하곤 생애의 대부분을 덕소, 명륜동, 수안보, 용인 마북리 화실에서 살았다. 방문을 열어놓고 바깥을 바라보고 있는 화가의 사진을 나는 언젠가 본 적이 있는데, 그 사진 속에 있던, 그가 댓돌 위에 벗어놓은 흰 고무신 두 짝이 아직도 기억에 생생하다.

장욱진은 1963년부터 남양주 덕소에 있는 작업실에서 홀로 생활을 했다. 미술관에는 덕소 화실 벽에 그려져 있던 벽화를 가져오되 벽을 통째로 그대로 옮겨와 설치해놓고 있어서 특별한 느낌을 받았다. 벽화에는 윗부분에 소의 코뚜레가 걸려 있었고, 그 아래는 마치 아이가 그린 듯이 보일 정도로 천진한 선線이 돋보이게 가축들을 그려놓았다. 이 작품은 양주 시립 장욱진미술관에서만 유일하게 관람할 수 있는 작품이었다.

장욱진의 그림은 대상과 세계를 간략하게 표현했지만 가볍거나 단조롭지 않다. 단순함 속에서도 풍부함과 충만감 같은 것이 느껴진다. 가령 나는 그의 그림 가운데 〈독〉이라는 작품을 좋아한다. 나무는 작게 그려져 있고, 둥그런 독은 크게 그려져 있고, 독은 겉면에 금이 생겼고, 독 앞에 까치가 한 마리 앉아 있다. 나는 이 단순한 그림을 보며 시간, 어머니, 땅과 생명, 까치를 맞는 날의 기쁨 같은 것을 느낀다. 이처럼 그의 그림의 여백에는 맑음, 정겨움, 움직이는 생기, 공생의 살림, 조화, 자유 같은 것이 동시에 느껴진다.

　"나는 심플하다"라고 그가 스스로 말했을 때에 우리는 이 말의 의미를 두 가지로 해석할 수 있다고 생각한다. 첫째는 그림의 간략화를 일컫는 것이고, 또 다른 의미에서는 자기 삶의 절제, 진솔함, 소박함 같은 것을 일컫는 것이 아닐까 한다. 장욱진의 화실은 아주 작은 공간이었다. 그는 거기에서 그의 고독과 함께 살았다. 집을 짓고 생활했던 화실은 한 평 남짓 되는 작은 방이었다. 협소한 그 방에서 밥을 먹고, 잠을 자고, 그림을 그렸다. 그의 곁에는 오로지 그림만 있었다. "산다는 것은 소모하는 것. 나는 내 몸과 마음을 죽을 때까지 그림을 그려 다 써버릴 작정이다" "그저 그림 그리는 죄밖에 없다. 그림처럼 정확한 내가 없다. 난 그림에 나를 고백하고, 다 나를 드러내고 나를 발산한다. 그리고 그림처럼 정확한 놈은 없다" 라고 장욱진은 말했다.

장욱진은 외곬의 화가였다. 그러나 권위를 내세우지도 않았다. 장욱진의 제자들이 회고해서 말하는 것처럼 그는 "소박하고 큰 분"이었고, "신념이 강했지만 자유인"이었고, "제자들과 이불을 같이 덮고, 함께 자고, 제자들과 목욕탕도 가던 분"이었다.

"오직 그림과 술밖에 모르고 살아온 인생에서 그림은 내가 살아가는 의미요, 술은 그 휴식이었다"고 말했던 장욱진. 나는 그의 삶과 예술 세계를 살펴보면서 깨끗한 힘 같은 것을 느꼈다. 자신의 안과 바깥을 제어하고, 덜 소유하고자 애쓰면서, 검소하면서도 누추하지 않고, 자신의 선택과 일상에 몰입하고 또 즐기면서, 순진한 동심을 끝까지 유지하려고 했던 그 애씀 같은 것을 뭉클하게 느꼈다. 마치 저 먼 산속 설원에 우뚝 선 빈 가지의 한 그루 나무처럼 느껴졌다.

책은
이 마음을 지켜준다

정민 교수가 펴낸 책《오직 독서뿐》은 허균, 이익, 양응수, 안정복, 홍대용, 박지원, 이덕무, 홍석주, 홍길주 등 선인의 글 가운데 책읽기와 관련한 글을 소개하고 있다. 거기에 정민 교수가 해제解題의 생각을 덧붙였다.

정민 교수는 이 책에서 독서를 '집 구경'에 비유한다. 우리가 어떤 집을 구경할 때 집 바깥을 둘러보는 것만으로는 '보았다'고 말하기 어렵고, 집 안으로 들어가 방은 몇 칸이 있는지 창문은 몇 개가 나 있는지 세심히 살펴야 한다는 것이다. 또한 한 차례가 아닌 여러 차례 보아서 그 집이 통째로 기억나야 제대로 보았다고 할 수 있다는 것이다.

이 책이 귀한 것은 독서법에 관한 선인의 문장을 모아놓은 것이라는 데에 있다. 가령 이런 식이다. 허균은《한정록》에서 송나라 때 학자 장횡거의 "책은 이 마음을 지켜준다. 한때라도 놓아버리면 그만큼 덕성이 풀어진다. 책을 읽으면 이 마음이 늘 있게 되고, 책을 읽지 않으면 마침내 의리를 보더라도 보이지 않게 된다"라는 문장을 소개하는 식이니 액자 속에 액자가, 인용 속에 인용이 들어 있다.

바람이 불면 바람이 부는 나무가 되지요

이 책을 읽으면서 가장 놀라웠던 것은 책을 극진하게 모셨던 선인들의 자세였다. 선대의 해묵은 장서가 헐어지거나 훼손되지 않도록 고을 수령에게 부탁해 표지와 붙일 종이를 구해서 책이 헐면 수리를 했고, 빌린 책에 꿰맨 것이 끊어지면 종이를 비벼 꼬아 기워 묶어가며 책을 읽었다는 것이다. 범중엄范仲淹이라는 이는 "책을 햇볕에 말릴 때 반드시 곁에 서서 마음을 쏟았고, 이동할 때는 반드시 네모난 판목에 담아서 갔다. 책에 손의 땀이 젖을까 염려해서였다"라고 말하기도 했다.

조선 후기 학자 안정복은 명나라 양천상楊天祥의 독서열을 소개한다. "양천상은 낮에는 문지방을 넘지 않았고, 밤에는 자리에 눕지 않았다. 겨울밤에 얼음물에 발을 담갔다가 절름발이가 되었다. 매 장마다 1백 번씩 읽는 것을 법도로 삼았다. 그가 책을 읽을 때에는 비록 일이 생기거나 물건이 와도 들은 체하지 않았다. 먹고 자는 것도 모두 폐한 채 반드시 외우는 숫자를 채운 뒤라야 응대하였다." 긴긴 겨울밤에 책을 읽다 수마睡魔가 찾아오면 얼음물에 발을 담구었는데 그로 인해 동상을 앓고 필경 발이 온전하지 않게 되었다는 것이다.

조선시대 실학자 홍대용은 이렇게 꼼꼼하게 적고 있다. "책을 읽을 때 소리를 높여서는 안 된다. 소리를 높이면 기운이 빠진다. 눈을 돌려서도 안 된다. 눈을 이리저리 굴리면 마음이 부산스러워진다. 몸을 흔들어서도 안 된다. 몸을 흔들면 정신이 흩어진다"라고 했으니 독서를 할 적에 마음을 가지런하고 순일하게 집중하기 위해 애쓴 바가 실로 큰 것이다.

조선시대 후기 실학자 이익은 메모의 습관을 강조한다. 그는 "묘계妙契 즉 오묘한 깨달음은 잘 하기가 어렵지만 그 즉시 써두는 질서疾書는 쉬운 일"이라며 책을 읽다가 진전되는 생각이 있거든 즉시 메모를 하라고 당부한다.

박지원은 여름날 낮밤에 매미가 우는 소리를 독서하는 소리라고 일렀다. 심지어 땅구멍에서 지렁이가 우는 소리 또한 글 읽는 소리라고 일렀다. "우리(인간)는 냄새나는 가죽 부대 속에 겨우 몇 글자 감싸둔 것이 남보다 조금 많은 데 지나지 않다"라는 박지원의 말은 날카롭게 쪼개고 깨뜨리는 무엇이 있다. 온축蘊蓄한 것도 없으면서 가벼이 대언장담大言壯談 하는 이들이 새겨들어야 할 것이다.

놓친
인연

소피 블래콜은 미국에서 왕성하게 활동하고 있는 일러스트레이터다. 그는 우리나라에서도《그때 말할걸 그랬어》라는 책을 펴내 독자들로부터 많은 사랑을 받았다. 이 책의 기획은 참신선하다. 이 책은 하루를 살면서 '놓친 인연Missed Connection'에 대해 이야기한다. 머리 굴리지 않고, 앞뒤 재지 않고 그냥 누군가에게 사랑을 고백하지 못했던 일들, 용기내지 못해 놓친 사람과 일들에 대해 썼다.

우리가 보낸 시간에도 분명 아쉽고, 또 미련이 남는 일들이 있다. 물론 이미 지나버린 시간을 되돌릴 수는 없다. 그 시간 속으로 되돌아가 일이 진행되는 방향의 물길을 다른 쪽으로 변경할 수도 없다. 그러나 우리는 어느 때에 시간의 경과를 펼쳐놓고, 또 놓친 인연에 대해 생각함으로써 다시 또 올 내일의 시간에는 좀더 그 과정에 집중할 수 있을 것이다. 그리하여 과거보다 더 멋지고 행복한 시간을 살 수 있을 것이다.

모든 사물들 속에는
노래가 잠들어 있네

짐 자무쉬 감독의 영화 〈패터슨〉을 봤다. 미국 뉴저지주의 작은 도시 패터슨에 사는 버스 운전사 패터슨의 일상에 관한 얘기다. 패터슨의 버스는 종이 울리는 성당을 지나가고, 공원을 지나간다. 버스는 동일한 노선을 궤도 돌듯 운행한다.

버스를 운전하는 일과의 중간중간에 잠깐씩 짬을 내서 패터슨은 시를 짓는다. 그가 하루 동안 만난 거리의 풍경과 사람들과 그의 내부에서 생겨난 세세한 감정들에 대해 그만의 글쓰기로 기록을 한다. 패터슨이 처음 쓴 시구는 "우리집에는 성냥이 많다./ 언제나 손이 닿는 곳에 둔다"라는 문장이었다. 격렬하게 타오를 준비를 하고 있는, 사랑에 빠진 한 사람을 성냥에 빗대었다. 사랑하는 아내를 생각하면서 쓴 시 같았다.

패터슨의 아내 로라는 퇴근해서 집에 돌아온 패터슨에게 매일 같은 질문을 한다. "오늘은 어땠어?"라고. 그러면 패터슨은 "똑같았어"라고 답한다. 아내가 다시 "시는 좀 썼어?"라고 묻고, 패터슨은 "응. 조금"이라고 대답한다.

패터슨의 일상은 단순하게 구성되고 반복된다. 패터슨에

바람이 불면 바람이 부는 나무가 되지요

게 즐거움을 주는 일은 비밀 노트에 그만의 시를 쓰는 것. 그는 자신의 버스에 탄 승객들에 대해 쓴다. 야근을 앞둔 노동자들과 학생들의 붕붕거리는 담소와 음탕한 농담을 주고받는 사내들에 대해서 쓴다. 시를 짓는 일로 인해 패터슨이 만난 차창 바깥의 풍경은 죽은, 얼어붙은 풍경이 아니라 움직이는, 생동감 있는 풍경으로 거듭난다.

이 영화는 일상에 대한 새로운 생각을 갖게 했다. 이 영화를 보면서 일상에는 반복되는 것의 무료함과 새롭게 일어나는 것의 설렘이 한군데 뒤섞여 있다는 생각을 했다. 위태롭고 안정적인 일이 일상을 함께 구성한다는 생각을 했다. 마치 여러 모양과 빛깔의 크고 작은 모래알들이 모여 해변의 모래톱을 이루듯이. 일상은 색색의 천조각을 이어서 만든 조각보 같은 것이었다. 우리의 일상은 똑같은 것의 반복처럼 보이지만 자세히 보면 지금껏 일어나지 않았던 일들이 불규칙하게 일어나고 있다. 예정된 것들만 일어나지도 않는다. 반쯤은 다른 세계인 것이다. 패터슨이 "늘 또 다른 내일이 온다. 아직까지는"이라고 중얼거렸듯이.

독일의 시인 요제프 폰 아이헨도르프는 시 〈마술지팡이〉에서 노래한다.

모든 사물들 속에는 노래가 잠들어 있다,
이들은 그곳에서 줄곧 꿈만 꾸고 있어,
그러다가 세상은 노래하기 시작한다네,
네가 한마디 주문을 던지는 순간.

우리가 만나는 사물들 속에는 달콤한 노래가 충만하다는 말이다. 우리가 주문을 던지기만 하면 사물 속에 잠들어 있는 노래를 깨울 수 있다는 것이다. 그렇다면 이 추운 바람 속에, 손수건만 한 겨울 햇살에, 털외투를 입은 이웃들의 표정에, 버스 정류장과 지하철역에, 사무실의 나란한 책상과 캐비닛 속에, 병을 앓는 환자들의 병실에, 허기가 붐비는 저녁의 국밥집에 어떤 노래가 잠들어 있다는 것이다. 고유한 음성의 삶의 노래가 잠들어 있으므로 어느 것 하나 어설프게 존재하는 것은 없다는 뜻이다. 이렇게 보면 일상은 특별하게 보이게 된다. 투박한 돌 속에 푸른 옥이 들어 있다고 했던가. 우리가 무덤덤하게, 예사스럽게 여기는 일상 속에도 보석이 들어 있는 셈이다.

김수남의 바다

제주 산지천은 한라산 관음사 남쪽에서 발원해서 제주시 건입동 일대로 흘러가는 하천이다. 이 건입동 일대는 제주의 구도심 지역이다. 예부터 도민들은 산지천의 물을 끌어다 사용했다. 이 산지천 인근에 '산지천갤러리'가 개관했다. 목욕탕 겸 여관이었던 금성장과 여관이었던 녹수장을 리모델링해서 갤러리 공간으로 바꿨다. 대중목욕탕의 높다란 굴뚝을 그대로 남겨놓았고, 갤러리의 외관도 옛 건물의 자취를 되도록 살렸다. 이 산지천갤러리엘 다녀왔다. 갤러리에서는 개관 기념 첫 특별전으로 제주 출신 다큐멘터리 사진작가 고故 김수남의 작품들을 선보이고 있었다. '김수남, 아시아의 바다를 담다'를 테마로 한 전시였다. 제주는 물론 일본과 타이완, 필리핀, 인도네시아, 베트남, 스리랑카, 인도 등 바다를 접해 살고 있는 나라 사람들의 생생한 삶과 신앙, 축제를 카메라에 담은 작품들이었다.

김수남은 1947년 제주 한림에서 태어났다. 언론사 사진부 기자로 일하던 중 1980년부터 한국의 굿 사진을 찍기 시작했다. 1985년에 회사를 사직한 후에는 본격적으로 전국의 굿판을 사진으로 옮겼다. 1988년 오키나와를 시작으로 해서 2006년 별세할 때까지 아시아를 떠돌아다니며 아시아의 민속 문화를 기록으로 남겼다. 한 해의 절반을 아시아 지역에 나가 살 정도로 국경을 넘나들었다. 김수남은 생전에 "아시아는 한 사람의 사진가가 돌아다니기에는 너무 넓고 다양한 문화를 지니고 있다"라고 말하기도 했다.

1980년대 제주 우도 어린이들의 해맑은 모습을 촬영한 사진을 비롯해 그물을 거두는 제주 어부, 전통 물옷을 입고 테왁을 든 제주 해녀 등을 찍은 사진들을 볼 수 있었다. 또 일본 오키나와의 바다, 타이완 소수 민족 야미족이 사는 어촌, 베트남 메콩강의 수상 시장, 배가 없어서 바다 한가운데에 기둥을 세우고 그 기둥에 종일 매달려 장대 낚시를 하는 스리랑카의 가난한 어부들도 만날 수 있었다. 대부분 험한 바다에서 생업을 이어가는 사람들의 일상 풍경이었다. 강한 해풍과 거친 파도에 맞서서 살아가는 사람들이었다.

전시회에서 본 작품들 가운데 가장 인상적이었던 것들은 역시 굿이 벌어진 판을 찍은 사진들이었다.《한국의 굿》발간사에서 그는 "굿이란 무엇인가"라는 물음을 던지며 굿판은 "삶과 죽음, 고통과 환희, 좌절과 희망"을 지극히 맹렬하고도 감동적인 형태로 보여주는 곳이라고 썼다. 빠르게 변화하는 시대는 그것에서 점점 등돌리며 멀어져갔지만 그는 자신의 일이 "하나의 증언, 하나의 기록"이 되기를 꿈꿨다. 대부분의 사진들은 바다에서 조업하는 사람들의 안전과 풍어를 기원하는 굿판의 사진들이거나 바다에서 죽은 사람의 영혼을 건져 저승으로 천도하는 굿판의 사진들이었다. 역시 바다를 삶의 터전으로 삼아 살고 있는 사람들을 기록한 작품이었다.

제주도에서는 무당이라는 용어를 대신해 '심방'이라는 말을 사용한다. 특히 바람의 여신인 영등을 위해 굿판을 벌이는 제주도 영등굿 사진은 신과 인간이 한덩어리로 어우러지는 모습을 보여주어 남다른 느낌을 갖게 했다. 음력 2월 초하루에 내려왔다 보름에 하늘로 올라가는 영등할망을 잘 모셔야 만선의 기쁨을 얻을 수 있고, 또 해녀들이 나중에 바닷속에서 캘 소라와 전복, 성게 등이 잘 자란다고 믿어서 이 영등굿은 해녀들이 주관했다고 한다. 오키나와의 해신제, 스리랑카 베

다족의 굿, 미얀마 만달레이의 굿을 찍은 사진들도 만날 수 있었다. 신이 들린 무당들은 불을 삼키고, 탈을 쓰고 굿을 함으로써 부정한 것을 몰아내고 복을 빌었다.

김수남이 굿판 사진을 찍으면서 남긴 취재 메모들 또한 볼 수 있었는데 그는 육필로 이렇게 적었다. "몹시 추웠다. 음력 이월 아직도 매서운 갯바람이 불었다. 멍석을 깔고 보낸 바닷가 천막에서의 2박 3일. 고산에서 무혼無魂굿을 보며 나는 많이 울었다. 어딘들 그렇지만 젊은 아들을 보낸 노모, 남편을 잃은 젊은 미망인들의 슬픔, 비명에 떠난 사람도 그렇지만 남아 있는 가족들 생각 때문에 울지 않을 수 없었다. 나는 이곳에서 큰 심방이라는 별명을 얻었다."

김수남은 17만 컷에 달하는 사진들을 남겼다. 한 평론가가 말한 것처럼 그는 "처음으로 우리에게 아시아의 속살을 제대로 보여준 사람"이었다. 김수남은 격랑이 몰아치는 삶, 그리고 그 높은 파도를 헤치며 살아가는 사람들의 고통과 애환, 그리고 꿋꿋한 삶의 의지를 함께 검푸른 바다의 공간에 담았다. 물론 그는 제주의 바다에서는 뗏목 배 테우에 늙은 어부와 함께 타고 있었고, 베트남 메콩강에서는 대나무로 만든 바구니 배에 소년과 함께 타고 있었다. 김수남은 그들의 아픔과 눈물과 함께 했다. 그렇기에 김수남의 사진들은 한결같이 뜨거웠다.

빛나는
소리들

　얼마 전 한 인터넷 라디오 방송으로부터 인터뷰 요청을 받았는데, 내게 물어온 질문 가운데 매우 특별한 것이 있었다. 내가 좋아하는 소리나 사연이 있는 소리를 녹음해서 갖고 와 줄 수 있냐는 것이었다. 그 질문을 받고 내가 좋아하는 소리가 무엇이었는지를 틈이 날 때마다 수시로 생각해보았다.

　시끌벅적한 시장에서 손님을 부르고 흥정하는 소리, 초여름의 개구리 울음소리, 아이를 잠재우는 엄마의 자장가 소리 등이 떠올랐다. 저 먼 과거의 시간으로부터 지금 여기로 불러올 수 있다면 까맣고 작은 새끼 염소가 우는 소리, 아버지께서 쟁기와 써레질을 하면서 소를 모는 소리, 제비가 처마로 돌아와 깨알처럼 재잘거리는 소리, 하얀 모래가 깔린 개울에서 물놀이 하는 소리 등을 담아가고 싶었다.

　고민을 하다 내가 갖고 간 소리는 종소리였다. 사찰의 예불시간에 녹음했던 소종 소리였다. 법당 안에 들여놓고 치는 작은 종이었는데 소종 치는 소리를 들을 때마다 나는 무언가 한결 차분해지고 조금은 성스러워지고 조금은 조심하는 마음이 생기곤 했다. 어쨌든 잠시 동안 잊고 있었던 소종 소리를 서랍에서 꺼내듯 해서 갖고 갔다. 그런데 알고 보니 내 시간의 서랍에는 소종 소리 외에도 무수히 많은 소리들이 들어 있었다. 마치 우리의 디지털 카메라 속에 셀 수 없이 많은 풍경들이 저장되어 있듯이. 우리가 이 낱낱을 유의미한 상태로 유지하면서, 냉장고의 음식들처럼 싱싱한 상태로 유지하면서 보관하고 있지는 못하더라도 이것들 모두는 분명 일상의 한 때를 장식했던 빛나는 순간들이었다.

영화 〈류이치 사카모토 : 코다〉는 일상을 구성하는 것들에 대한 하나의 신선한 시선을 제공한다. 류이치 사카모토는 세계적으로 주목받아온 음악가다. 〈마지막 황제〉〈레버넌트 : 죽음에서 돌아온 자〉, 그리고 〈남한산성〉 등의 오리지널 사운드 트랙 작업을 했다. 이 영화는 인후암 판정을 받은 후 류이치 사카모토에게 일어난 삶과 작품 세계의 변화 등을 가까운 거리에서 정밀하게 보여준다.

류이치 사카모토는 세상이 소리로 가득차 있고, 그것들이 미적인 음악 속에 편입될 수 있다고 생각한다. 그래서 그는 세상의 소리들을 수집한다. 인파 소리, 숲의 새소리와 풀벌레

소리, 낙엽 밟는 소리, 바람 소리 등. 쓰나미 피해를 입은 해변 마을을 찾아가거나 빙하가 사라지는 북극 지역에 가서 소리를 채집하기도 한다. 심지어 빗소리를 담기 위해 파란 플라스틱 통을 머리에 뒤집어쓰기도 한다.

이 영화를 보면서 우리의 삶은 한없이 지속될 수 없으며, 또 작고 사소한 수많은 조각들로 구성되어 있다는 것을 다시한 번 생각했다. 그리고 그 조각조각들은 모두 가치 있고 고유하다는 생각을 했다. 비록 그 전부를 활용할 수는 없겠지만.

일상은 작은 소리들, 빛과 어둠, 단순하거나 복잡한 움직임, 불분명한 것, 원인과 결과, 연락과 주고받음 등으로 이뤄져 있다. 그것들이 남긴 사진들과 녹음기에 저장된 음들이 우리의 일상일 것이다. 그리고 그 수량은 헤아릴 수 없을 만큼 많다. 세상에 가득찬 소리만큼. 그리고 우리의 아름다움도 그처럼 많다.

밤새 말들이 달아나도
시를 써요

    이란에 다녀왔다. 테헤란과 시라즈에서 대학생들, 그리고 시인들과 시낭송회를 갖고 양국의 시문학에 대해 의견을 교환했다. 특히 한국 시인들의 시가 이란어 시선집으로 출간되고, 이란 시인들의 시가 한국어 시선집으로 동시에 출간된 것을 기념하기도 하는 자리여서 이란 방문의 의미가 컸다.

    이란은 시의 나라였다. 이란의 시인들은 주저함이 없이 "우리는 1100년의 시의 역사를 갖고 있어요. 우리의 붉은 핏속에는 시와 시를 사랑하는 마음이 있어요"라고 말했다.

    그들은 13세기 신비파 시인 루미, 사디, 14세기 대시인 하피즈와 같은 시인들을 정중하게 섬겼고, 자랑스러워했다. 집마다 사디와 하피즈의 시집을 소장하고 있다고 했다. 실제로 내가 머물렀던 숙소에도 숙박객들을 위해 코란과 함께 하피즈의 시집을 마련해 갖추어두고 있었다.

    전해 들은 얘기로는 이란인들이 윗대의 조상들을 위한 차례상을 차릴 때에 이슬람교의 경전인 코란, 행운과 생기를 가져다주는 거울, 마늘, 한 달가량 기른 밀의 싹, 재물을 모을 운수를 가져다준다는 금붕어 등을 올리는데, 종교가 없는 사

람들은 코란 경전 대신 하피즈의 시집을 올린다고 했다. 덕담
하듯 하피즈의 시를 한자리에서 읽는다는 것이었다. 그래서
그런지 하피즈의 영묘를 방문했을 때 하피즈의 시편들을 이
용해 미래의 점을 치거나 하피즈의 무덤 위에 손을 얹은 채
그의 시를 나직하게 암송하는 사람들을 쉽게 만날 수 있었다.

테헤란의 한 문화원에서 열렸던 시낭송회에 참석하고 느
꼈던 점을 좀 얘기해야겠다. 매주 화요일 저녁마다 갖는 시낭
송회 행사였다. 저녁 6시경부터 시작된 행사는 2시간 정도
진행되었다. 시인이면서 문학평론가인 두 명의 진행자가 무
대 한쪽에 테이블을 놓고 착석해서 시낭송을 할 시인들을 소
개했고, 시낭송이 끝나면 곧바로 한마디씩 평가의 말을 보탰
다. 약간의 우스갯소리를 동반한 우호적인 칭찬을 보탰으므
로 객석에서 웃음이 연신 터져나왔다.

자신들이 직접 창작한 시를 낭송하는 이란인들의 목소리
는 열정적이었다. 대중 연설가 같은 목소리로 시를 낭송하는
이도 있었고, 바닥에 떨어져 뒹구는 가을 낙엽과도 같은 탄식
을 쏟아내는 이도 있었고, 비단과 같은 부드러운 음성으로 시

를 들려주는 이도 있었다. 한 젊은 시인이 시를 낭송한 후에 행사 진행자가 "막 낭송을 끝낸 저 낭송 시인은 직업이 토목 기사여서 시를 저렇게 읽는답니다"라고 농담을 던져 사람들이 박장대소를 하기도 했다.

그런데 참 특이했던 장면은 시 낭송자가 무대에 올라 시를 낭송하는 중간중간에 객석에서 탄성과 여러 종류의 감탄을 보내오는 것이었다. 가령 객석에서 "옳지!" "잘한다!" "좋아!" "얼씨구!" 이런 의미의 짧은 말들이 수시로 들려오곤 했다. 마치 판소리 고수가 창唱을 하는 사람에게 던지는 감탄사 같았다. 그러한 추임새로 인해 시낭송회장은 한결 고조된 흥으로 채워졌다. 그리고 많은 낭송자들이 시구詩句의 반복과 대구對句를 적극적으로 활용하는 가잘Ghazal이라는 시 형식을 빌려 시를 지었는데, 그래서 그런지 그들의 시에서는 음악의 선율이 잘 느껴졌다.

"부디/ 시를 써요/ '내 마음이 너무 울적해'/ 같은 말은 빼고/ 미소를/ 인사를/ 따뜻한 차를 맛보는 즐거움을/ 찬미하는 시를/ 오마르 하이얌의 4행시와 함께/ 공원에서 그네 타는 아이들 가까이서/ 웃음 지으면서도 걱정하는 엄마들 곁에서/ 시를/ 아이들이 더욱 까불대도록/ 시를// 어제 시인은 종이를 채웠지만/ 오늘은/ 다시 하얀 종이가 됐네요/ 밤새 말들이 달아났군요/ 서로 상냥하게 말하는 시를/ 파란 맑은 하늘 같은 시를/ 접힌 종이를 펴는 시를/ 농부가 부르면/ 가뭄이 들어도 밀 풍년이 드는 시를// 부디 써요/ 시를/ 사랑 노래를/ 이 나라에서 쓰지 못할 시를"

이 시는 지아 모바헤드 시인이 쓴 것이다. 이 시에서 언급되고 있는 오마르 하이얌은 11세기 페르시아를 풍미했던 시인이자 천문학자, 수학자였다. 이란 국민들은 시를 통해 이룰 수 있는 것의 내용이 이처럼 지대하다고 믿고 있었다. 시를 통해 미소가 생겨날 수 있고, 시를 통해 이 세계가 쾌청한 하늘이 될 수 있고, 시를 통해 접힌 마음을 펼 수 있고, 시를 통해 삶이 풍요로워질 수 있다고 믿고 있었다. 그래서 이란인들은 그들 국가의 대표적인 수출품인 석유, 피스타치오, 노란빛 샤프란과 함께 이란의 시를 수출할 만하다고 믿고 있었다. 그들은 "대서양에서부터 아틀란티스 대륙까지 인류가 보낼 수 있는 가장 큰 선물은 시詩이지요"라고 자신있게 말했다.

  이란을 대표하는 매력들은 많았다. 모스크, 석류, 페르시안 카펫, 홍차와 각설탕, 장미, 케밥, 대추야자 등. 그러나 이란인들은 그들의 시를 일등품으로 서슴없이 추천했다.

인류는
한 뿌리에서 나온 영혼

이란은 내게 생소했다. 루미라는 시인이 있고, 그가 13세기 페르시아의 시인이고, 그가 〈봄의 과수원으로 오세요〉라는 시를 통해 "봄의 과수원으로 오세요/ 꽃과 촛불과 술이 있어요// 당신이 안 오신다면,/ 이런 것들이 다 무슨 소용이겠어요/ 당신이 오신다면,/ 또한 이런 것들이 다 무슨 소용이겠어요"라는 멋진 시구를 썼다는 것 정도를 알고 있을 뿐이었다.

이후에 시인 사디와 시인 하피즈가 이란이 낳은 걸출한 시인이라는 것을 알게 되었다. 사디와 하피즈는 시라즈 출신으로 각각 13세기와 14세기에 활동한 시인이다.

사디의 시 〈아담의 후예〉는 널리 알려져 있다. 사디는 시를 통해 "인류는 한몸/ 한 뿌리에서 나온 영혼/ 네가 아프면/ 나도 아프네/ 그렇지 않다면/ 우리는 사람도 아니지"라고 읊어 차별 없고 평등한 관계를 강조했다.

한편 하피즈는 괴테가 극찬한 시인이다. 하피즈는 술과 연인에 대한 사랑을 노래한 시편들을 여럿 남겼다. 그는 "장미는 내 가슴에, 술은 내 손에, 연인도 있으니/ 세상의 군주도 나에게 그런 날에는 노예일지니// 이 집회에 양초는 가져오

지 마오/ 오늘 밤 우리 회중에 연인 얼굴의 달이 휘영청 밝았으니"라고 썼고, 시 형식 중 하나인 '가잘'을 통해 운율의 대구對句를 능숙하게 활용했다는 평가를 받았다.

한국과 이란 시인들의 교류가 이어지면서 이란의 시에 대한 국내의 관심도 높아졌다. 그리고 그러한 성과는 이란의 현대 시문학을 대표하는 시인들의 작품들을 한국어로 번역 출간하는 일로 이어졌다. 번역 시집《백년의 시간, 천 개의 꽃송이》가 바로 그 결실이었다. 이 시집에서 인상적이었던 것은 '어머니'에 관한 시편들이었다. 시인 샤흐리여르는 시 〈어머니, 내 어머니〉를 통해 겨드랑이에 석유통을 끼운 채 가난한 집 대문을 열고 나와 "다 죽어가는 사랑에 불을 밝혀"온 어머니의 헌신적인 사랑을 노래했다.

그리고 최근에 들어 이란 시인들의 또 다른 시편들을 접할 기회를 갖게 되었다. 〈눈〉이라는 제목의 시는 이러했다. "이번 눈으로 학교가 모두 휴교했다/ 이번 눈으로 도로가 모두 폐쇄됐다/ 이번 눈으로 만남이 모두 취소됐다/ 이번 눈으로 비행기가 모두 연착됐다/ 그런데 그렇게도 새하얀데/ 이번 눈으로/ 전쟁이 연기되는 일은 없었다" 전쟁에 골몰하고 파괴를 일삼는 폭력적인 인간 세계에 대한 날카로운 비판이 느껴졌다.

어머니의 무한한 사랑에 관한 시편들도 있었다. 한 시인은 〈어머니〉라는 제목의 아름다운 시에서 "어머니만 하실 수 있어요!/ 이 겨울에 뜨신/ 모자를 산에/ 장갑을 나뭇가지에/ 목도리를 강에 씌워 주시네요!"라고 써서 사랑의 근원으로서의 모성애를 찬탄했다.

페르시아 문화 연구자들에 따르면 이란 국민들의 시에 대한 사랑은 열렬하다고 한다. 이란의 학생들은 고등학교 때 페르시아의 명시 100여 편을 암송하고, 이란 국민들은 문맹이더라도 한 편의 시를 외울 줄 안다고 한다. 뉴스 프로그램의 진행자가 시를 한 편 읽으며 방송을 시작할 정도라니 이란 국민들의 시에 대한 사랑을 능히 짐작할 만하다.

이란의 한국대사관에서 문화홍보관으로 일했던 김중식 시인은《이란-페르시아 바람의 길을 걷다》에서 "이란은 누구와도 다르기를 원하고, 누구와도 비교되는 것을 사양하는 자존

심 덩어리"라고 썼다.

　이란은 우리나라로부터 지리적으로 아주 먼 나라이지만 이란의 문화가 국내에 점점 빈번하게 유입되고 있는 것은 분명해 보인다.

달까지 올라가는
긴 사다리

    시인들의 상상력을 자극하는 것 가운데 하나로 '달'을 들 수 있을 것이다. 달은 정말이지 많은 이들의 시심詩心을 탄생시켰고, 바퀴를 움직였고, 그 큰 수레에 실어 멀리 사라졌다.

    많은 사람이 대낮에는 희미하게 뜬 낮달을 올려보고, 캄캄한 밤에는 선명하고도 깨끗하게 떠서 멀리 가는 달을 올려보지만 그 달을 통해 상상하는 내용은 확연하게 다르다. 흰 밥을 상상할 수도 있고, 새우잠을 자는 연인의 마음을 상상할 수도 있다.

    그리고 이러한 상상력의 내용은 다양하면 다양할수록 좋다. 가령 달을 통해 우리는 한 알의 탱자를 상상할 수도 있고, 처마에 켠 알전구를 상상할 수도 있고, 다 사용한 후 휴지통에 구겨서 버린 티슈 혹은 파지를 상상할 수도 있고, 주머니에서 꺼내 손에 쥔 동전을 상상할 수도 있고, 누군가의 흰 이마를 상상할 수도 있고, 목에 걸어준 둥근 화환을 상상할 수도 있고, 입맛이 쓴 환자를 위해 끓인 흰죽을 상상할 수도 있고, 흰 돛을 올려 먼 바다로 미끄러져가는 한 척의 배를 상상할 수도 있고, 네일숍에서 잘 다듬은 손톱을 상상할 수도 있다.

167

우리는 무엇이든지 상상할 수 있다. 상상력은 대양大洋과도 같으므로. 고래가 대양을 상상하듯이, 청년이 대양을 상상하듯이 상상할 수 있다. 한 톨의 씨앗이 높은 하늘과 가을의 끝을 상상하듯이 상상할 수 있다.

상상력의 사다리를 놓을 일이다. 달까지 올라가는 긴 사다리를. 바람과도 같은 사다리를. 흐르는 물 같은 사다리를. 예측불허의 사다리를. 탄력이 좋은 사다리를. 우연하게 처음 만든 사다리를. 되돌아오지 않고 전진하는 사다리를.

바람이 불면 바람이 부는 나무가 되지요

조지훈 시인의 시 〈범종〉을 읽고 한참 동안 가만히 앉아 있었다. 조지훈 시인처럼 종소리를 독특하게 상상한 예는 드물었기 때문이었다. 조지훈 시인은 아마도 "텅하니 비인 새벽"의 시간에 범종 소리를 들었던 모양이다. 그리고 이렇게 썼다.

"무르익는 과실이/ 가지에서 절로 떨어지듯이 종소리는/ 허공에서 떨어진다. 떨어진 그 자리에서/ 종소리는 터져서 빛이 되고 향기가 되고/ 다시 엉기고 맴돌아/ 귓가에 가슴 속에 메아리치며 종소리는/ 웅 웅 웅 웅 웅…/ 삼십삼천을 날아 오른다"

이 시를 읽으면서 내가 놀란 대목은 울려 퍼져나가는 범종의 소릿결을 낙하하는 과실의 운동에 견준 부분이었다. 시인은 범종의 소리가 아주 잘 익었다고 썼다. 과육이 아주 잘 익어서 저절로 툭, 떨어지게 된 과실과도 같다고 썼다. 그러나 땅으로 떨어진 과실은 웬일인지 운동을 멈추지 않는다. 바닥에 떨어지면서 터지고 만 과실로부터 빛과 향기가 바깥으로 쏟아져나온다. 마치 파열처럼. 외부로 쏟아지면서 공중으로,

하늘로 날아오른다. 물론 빛과 향기의 쏟아짐은 종소리의 잔향을 빗대어 쓴 것이지만, 낙하한 과실의 어떤 속성이 다시 상방을 향해 솟아오른다는 상상력은 보통의 수준을 훨씬 능가하는 것임에 틀림이 없다.

바람이 불면 바람이 부는 나무가 되지요

장회 여울에
배를 띄워놓고

이황이 한때에 지금의 충북 단양군 장회리 아랫마을 북쪽에 있는 '장회 여울'을 보았던 모양인데, 이황은 그 여울을 보고 이렇게 썼다. 제목 또한 〈장회 여울〉로 되어 있다.

힘을 써야 겨우 조금 앞으로 가고
손 놓으면 대번에 떠내려가지.
자네 만약 뜻이 있거든
잘 봐두게 여울물 거슬러 올라가는 배를.

장회 여울에 작은 배를 띄워 이황은 지켜보았을 것이다. 손아귀에 작은 힘을 지긋이 주어 배를 밀어올리면 겨우 조금 앞쪽으로, 여울을 거슬러가며 나아갔을 것이고, 그 손아귀의 힘을 풀자 배는 주저함이 없이 아래로 떠내려갔을 것이다. 이황은 이 이치를 바라보면서 삶도 이와 크게 다르지 않다고 느꼈던 것이다. 이 시는 항심恒心에 대해 생각하게 한다. 그러나 항심은 떳떳하게 유지되기 얼마나 어려운가.

국경 너머로의
여행

　인도를 여행한 경험은 내게 아주 특별했다. 인도를 방문한 때는 여름이었다. 무더위가 최고조에 이른 때였다. 거리는 한 움큼의 먼지덩어리처럼 느껴졌다. 바람이 불면 그 푸석푸석한 거리는 금방 멀리 사라질 것 같았다. 부랑하는 사람들이 많았다. 구걸을 하는 소년과 소녀들은 차창 바깥으로 불쑥 다가섰다. 뒷골목에는 오물이 쌓여 있었고, 길에는 소와 가축들이 주저앉아 있었다. 차량들의 경적 소리가 요란하게 들끓었다. 그런데 이런 첫인상은 갠지스강에 이르렀을 때 매우 사소하게 느껴졌다. 강가에는 사원들과 화장터와 목욕 계단이 있었다. 기도 인파가 넘쳐났고, 죽은 이의 몸을 화장하고 있었고, 강물에 몸을 씻어 종교적인 정화를 실천하고 있었다. 세속적인 것과 신성한 것이 혼재되어 있는 풍경은 묘한 느낌을 만들어냈다. 그러나 무엇보다 그들의 경건한 종교적 내면, 영적인 삶의 기술과 영혼은 매우 인상적이었다. 힌두교 사원을 들렀을 때에도 영적인 신성을 갖춘 존재로서의 인간에 대해 생각하게 했다.

　미국의 서부를 여행한 경험도 오래 기억에 남아 있다. 사막과 평원과 협곡의 규모는 가히 놀랄 만한 것이었다. 그것들을 보면서 나는 그 언젠가 우리 시단의 어른 한 분이 내게 "대자연을 자주 만나세요. 대자연에게 조언을 구하세요"라고 말씀하셨던 것을 기억해낼 수 있었다.

낯선 곳은 우리가 의지하면서 전부라고 믿었던 영혼의 영토를 차분히 되돌아보게 한다. 지도 밖으로 여행하는 일은 매우 유익한 일이다. 열기구를 탄 여행객처럼 국경 너머로 자아를 팽창시키면서 자유롭고 거침없이 나아가볼 일이다.

사랑은 사랑을 기다렸고
나는 외로워 울었지

요즘 자크 프레베르의 시집을 즐겨 읽고 있다. 점점 그에게 매료되는 느낌이다. 그는 상송 〈고엽〉의 작사가로 잘 알려져 있다. 그는 〈고엽〉에서 이렇게 노래했다.

오! 기억해주었으면 좋겠네
우리가 다정했던 그 행복한 시절을
그때 인생은 지금보다 더 아름다웠고
태양은 지금보다 더 뜨거웠지
(…)
그러나 인생이 사랑하는 연인들을 헤어지게 했지
아주 슬그머니
소리도 없이
그리고 바다는 모래 위에 남긴
헤어진 연인들의 발자국을 지워버리지

연인들은 바다의 모래사장을 걸어갔을 것이다. 담소를 나누면서. 푸른 바다의 싱싱한 파도를 맞이하면서. 모래밭에는 나란히 발자국이 남았다. 그러나 그 연인들은 헤어졌고 태양보다 뜨거웠던 사랑은 식었다. 그리고 그들이 남긴 지난 계절의 발자국을 바다가 슬그머니 지워버린다. 이 시에서 얘기하는 것이 사랑의 끝남만은 아닐 것이다. 변화라는 도도한 흐름 같은 것을 말하려고 한 게 아닌가 싶다. 우리의 기억이나 우리가 살았던 지난 계절도 흐르는 물의 일부다. 시간은 끊임없이 멀리 흘러가기 때문이다.

프레베르는 〈어느새 아침 우유병 내려놓는 소리가〉라는 시에서 겨울을 기다리는 가을, 여름을 기다리는 봄, 낮을 기다리는 밤, 우유를 기다리는 차茶를 노래하며 이렇게 덧붙였다.

사랑은 사랑을 기다렸고
나는 외로워 울었지

그의 표현을 빌리자면 우리들의 여름은 가을을 기다렸고, 우리들의 가슴은 사랑을 열렬하게 바랐던 것이다.

프레베르는 "시인이란 사람들이 꿈꾸고, 상상하고, 마음속 깊이 원하는 것을 표현하는 사람"이라고 생각했다. 그래서 그는 아름답고, 단순하고, 자연스러운 것, 아이, 새, 꽃과 나무, 사랑과 자유를 제일로 쳤다. 반대로 그는 위선적이고, 계산이 빠르고, 독선적인 어른들을 싫어했다. "나는 여자이고, 남자이고, 모든 사람들이기도 하다. 그만큼 나는 여자뿐 아니라 주변의 모든 사람들을 사랑한다"라고 프레베르는 말했다.

프레베르의 사진첩을 보니 화가 호안 미로, 피카소와 즐거운 표정으로 찍은 사진들이 있었다. 호안 미로는 동심을 표현한 그림들을 많이 그렸고, 프레베르도 아이들의 순수한 마음을 여러 편의 시에서 썼으니 이 둘은 잘 통하는 마음들이 있었을 것이다. 호안 미로전에서 그의 그림들을 본 적이 있는데 나는 호안 미로가 쓴 문장이 무척 인상 깊었다. "그들(곤충들)은 마치 기호와 같다. 곤충들, 그들은 땅의 기호이다. 더듬이의 미스터리, 그 모든 것은 너무 이상한 나머지 그들 자신으로부터 떨어져나가버린다. 그리고 새들, 이 동물들은 굉장한 아름다움을 지니고 있다."

아이처럼 순수한 생각으로 못된 생각 없이 살았으면 좋겠다. 새와 꽃을 아끼면서. 사랑과 자유를 바라면서.

노랗고 울퉁불퉁한
모과

시를 쓰는 공간에 여러 사물들을 놓아둔다. 가까운 꽃집에서 사온 생화나 여러 날 말린 꽃이 있고, 만년설을 찍은 사진이 있고, 미술관에서 구매한 그림엽서가 있고, 속초 바닷가에서 주워온 하얀 조개껍질이 있고, 부엉이와 올빼미 등의 작은 동물 조각상이 있다. 물론 음악도 시내처럼 흐르게 한다. 그리고 색감이 뚜렷한 물건들을 때에 맞춰 접시 위에 놓아둔다. 대개는 계절을 대표하는 높은 빛깔의 과일들이다.

요즘에는 접시에 모과를 놓아두고 있다. 멀리 시골엘 다녀올 때에는 그곳에서 딴 모과를 몇 개 사서 온다. 언젠가는 농원에 갔다 바닥에 떨어져 있는 모과를 우연히 주워온 적도 있다. 자연에서 막 자란 야생의 것일수록 향기가 진하다. 모과는 모든 방위에 향기가 있다. 또 그 향기가 일정하다. 처음과 끝의 향기가 나란하다. 향기는 훌쩍 달아나지 않고 둘레에 가만히 서 있다. 모과는 참으로 온화하고 배려하는 성품이다.

모과는 노란빛과 둥그스름한 외양으로 차분하게 앉아 있다. 순하고 순한 얼굴이다. 속마음을 감출 줄을 몰라 얼굴의 표정에 그대로 드러난다. 겨울 내내 이 모과를 보면서 라흐마

니노프의 음악을 들을 생각이다. 눈보라가 세차게 불어치는 날에는 이 모과를 바라보고, 쥐고, 또 만지고 있을 생각이다. 그러면 모과는 마치 난롯불처럼 내 마음의 체온을 따뜻하게 해줄 것이다. 모과는 창을 통해 들어온 고운 겨울빛을 두 손바닥으로 쓸어 모아놓은 것만 같다. 금모래를 쌓아놓은 것만 같다.

　말쑥하고 반드러운 모과보다는 그 생김새가 울퉁불퉁한 모과를 더 선호한다. 면이 고르지 않고 들쑥날쑥한, 울퉁불퉁한 모과를 찬탄하지 않을 수 없다. 우리에게 모과는 여리고 부드러운 것의 매력을 알게 한다. 백색의 겨울에 이 그윽한 노란빛은 보는 이의 마음을 은근하게 끌어당긴다.

4부

나는 문득 그대의 얼굴을 만난다

소의 배 속에서
살았다

송진권 시인은 시 〈소의 배 속에서〉를 통해 자신이 소의 배 속에서 살았다고 말했다. 나도 소의 배 속에서 살았다. 소의 배 속에는 무엇이 들어 있을까. 풀과 논밭과 쟁기와 써레와 뜨거운 여름볕과 리어카가 있을 것이다. 뭉게구름과 초저녁별과 산새 소리와 소낙비와 천둥 번개가 들어 있을 것이다.

나의 아버지를 생각하면 늘 소가 함께 떠오른다. 아버지의 곁에는 늘 소가 함께 있었기 때문이다. 아버지는 소를 앞세워 일을 나가셨고, 일을 끝낸 후에는 들판으로부터 소를 앞세워 집으로 돌아오셨다. 그러므로 소가 먹고 삼켜 배 속에 넣은 것을 나의 아버지도 모두 드셨을 것이다.

얼마 전 아버지가 편찮으셔서 시골엘 다녀왔다. 이제 나의 아버지의 연세도 팔순에 이르렀다. 평생 농사일을 많이 하시고, 지게를 지고 사셔서 연세에 비해 건장하신 축에 들지만, 조금씩 탈도 생겨난다. 시력을 많이 잃으셨고, 예전과는 아주 다르게 잠이 많이 느셨다. 틈이 나면 베개에 머리를 괴고 모로 누워 주무신다. 주름도 부쩍 많아지셨다. 내게 아버지는 늘 젊고 혈기가 왕성한 분이셨는데, 가쁘게 숨을 쉬시면서 주

무시고 계신 아버지를 바라보는 심사는 편하지가 않다.

　김용택 시인은 시 〈농부와 시인〉에서 "아버님은/ 풀과 나무와 흙과 바람과 물과 햇빛으로/ 집을 지으시고/ 그 집에 살며/ 곡식을 가꾸셨다./ 나는/ 무엇으로 시를 쓰는가./ 나도 아버지처럼/ 풀과 나무와 흙과 바람과 물과 햇빛으로/ 시를 쓰고/ 그 시 속에서 살고 싶다"라고 썼는데, 나의 아버지도 풀과 나무와 흙과 바람과 물과 햇빛과 더불어 집을 짓고 농사를 짓고 사셨다. 여름날의 강렬한 햇볕보다 더 오래 들판에 계셨다. 아침해보다 먼저 일어나 하루를 시작하셨다. 그러니 하루가 얼마나 길었겠는가. 길고 긴 농사일의 시간에 아버지 옆에는 소가 있었다. 소는 쟁기와 써레를 끌었고, 때로는 풀을 뜯어먹으며 아버지 옆에 있었다.

　소의 배 속은 하나의 우주다. 나는 그 둥근 자연 속에서 살았다. 소의 울음소리를 들으며, 누워서 되새김질을 하는 소의 나른한 오후를 함께 살았다. 그 큰 눈이 잠깐 감겼다 뜨이는, 조금도 서두르지 않는, 조금은 참아내는, 뭔가를 가만히 기다릴 줄도 아는 듯한 그 자세를 배웠다. 찔레꽃이 오는 봄길을,

옥수수가 훤칠하게 선 여름의 시간을, 곡식을 수확해오는 결실의 가을을, 쇠죽 끓이는 아궁이가 따뜻한 겨울의 저녁을 함께 살았다.

인생을 살아가는 데에 우보牛步를, 소의 느린 걸음을 선택했다. 느른 등짝과 흔들림 없이, 보란 듯이 의젓하게 선 모습에서 한 존재의 당당함을 보았다. 나도 소의 배 속에서 살았다.

바람이 불면 바람이 부는 나무가 되지요

여름이 다가오고 있다. 뜨거운 태양이 우리를 향해 굴러오고 있는 것만 같다. 여름이 되면 에밀리 디킨슨의 시가 생각난다. "산들은 눈치채지 못하게 자란다"라는 시구다. 산이 자란다는 것은 무슨 뜻일까. 짙푸른 녹음을 드리우며 산이 그 내부뿐만 아니라 외부를 향해서도 커가는 것을 그렇게 표현한 것이 아닐까 한다.

그러나 사실은 산들만 자라나는 것은 아니다. 가령 사람도 여름산처럼 자라난다. 거대하여 옮길 수 없고, 의지가 굳고, 모든 생명을 다 포용하는 산처럼 우리의 마음도 자라나는 것이다.

우리는 마음이라는 광대한 정신의 영역을 활용하여 다른 사람들과 소통한다. 소통한다는 것은 연락한다는 뜻이다. 교환한다는 것이며 서로 상호 작용한다는 뜻이다. 내가 당신에게 영향을 주고 당신이 내게 영향을 준다는 의미다. 이 영향 관계 속에서 이해와 사랑과 용서가 생겨난다. 물론 질투와 분노와 시기까지도 생겨난다. 그러나 설령 마음을 주고받는 일로 인해 고통을 받더라도 우리는 다른 사람과의 연락과 교환

을 중단하지 않는다. 우리는 사랑을 함으로써 받게 될 고통 때문에 사랑을 포기하지도 않는다. 사랑을 포기하지 않는 한 우리의 마음은 산처럼 커질 것을 잘 알기 때문이다.

행복과 고통은
떨어져 있지 않다

이 세계를 바라볼 적엔 존재들을 상대적인 것으로, 상관되어 있는 것으로 볼 필요가 있다. 예를 들면, 겨울과 봄은 연결되어 있고, 겨울은 봄에게, 봄은 겨울에게 작용한다. 혹은 서로 기댄다. 이러한 관점은 《입능가경》에서도 훌륭하게 설해지고 있다.

"빛과 그림자, 길고 짧은 것, 검고 흰 것은 서로 상대적으로 경험된다. 빛은 그림자와 떨어져 있는 것이 아니며 검은 것과 흰 것은 떨어져 있는 것이 아니다. 반대란 없으며 오직 상대성만 존재한다. 마찬가지로 지고한 행복인 니르바나와 고통의 일상은 분리된 두 가지가 아니라 서로 상관관계에 있다. 고통의 세계가 없으면 지고한 행복은 존재하지 않으며, 지고한 행복과 동떨어진 고통의 세계도 존재하지 않는다. 존재란 서로 배타적인 것이 아니기 때문이다."

어머니에게도
어머니가 있으셔서

어머니께서는 아주 가끔 당신의 어머니 얘길 하신다. 내가 외할머니를 마지막으로 뵌 게 언제쯤이었는지는 기억이 가물가물하다. 중학교 때가 아니었나 싶다. 외할머니는 여름방학 때마다 내 가족이 살던 경북 금릉군 봉산면 태화 2리 시골집으로 오셨다. 아주 커다란 사탕 봉지와 여러 종류의 과자들이 담긴 종합 선물 세트를 보자기에 묶어 싸서 오셨다.

왜 하필 외할머니는 그 무더운 여름날을 골라서만 오셨는지 알 수 없었으나 우리집 마루에 올라앉으셔서는 한참을 가쁜 숨을 고르시고 땀을 식히셨다. 그렇게 한여름의 하루이틀 동안 시집간 딸이 사는 곳에 다녀가시는 게 전부였다. 어머니는 시집와서 쉰 해 넘게 살고 계신 지금 동네의 바로 옆 동네에 사셨다. 말하자면 옆 동네에서 우리 동네로 시집오셨던 것이다. 외삼촌은 초등학교가 소재해 있는 그 옆 동네에서 이발사를 하셨다고 했다. 아버지께서 그 이발소에 몇 차례 다녀가셨고, 그때 잠시 잠깐 어머니를 뵌 적이 있다고 했다. 아버지와 어머니께서는 중매를 통해 결혼을 하시긴 했어도 예전 어느 날에 우연히 들으니 몇 차례 편지가 오간 적이 있다고 했다. 그리고 그 편지를 사촌누님이 중간에서 전달했다고 했다.

혼례를 올리긴 했지만 두 분의 신혼살림은 몹시도 어려웠다. 비빌 언덕이 없었다. 천수답天水畓, 빗물에 의지해 경작하는 논 두어 마지기가 살림의 전부였다. 기울어가는 시골 농가, 그것도 남의 집 한 칸 허름한 방을 빌려 살림을 시작했고, 먹고사는 일은 남의 농사를 도와주는 것으로 장만할 수 있었다. 근년에 어머니께서 이 시절의 일에 대해서 내게 말씀하시면서 잠깐 외할머니 얘길 하셨다. 밭이라고 할 만한 곳도 아닌 곳을 일궈서 식구가 먹을 푸성귀를 마련하고 있었는데 그곳을 손볼 틈조차 없이 매일매일이 고된 일로 바빴다고 하셨다. 그래서 아침밥을 먹기 전에 밭엘 들러 풀이라도 매고 나물이라도 뜯어오려고 찾아가면 꼭 그렇게 누군가가 밭엘 먼저 다녀가서는 그 밭의 고랑고랑을 깔끔하게 매놓았더라는 것이었다. 그것도 한두 번이 아니었다. 나중에 알고 봤더니 옆 동네에 사시던 외할머니와 외할아버지가 어머니보다 더 이른 시간에 그 밭에 들러 밭을 손보고 가셨다는 것이었다. 먹고살기에 너무 바쁜, 시집간 딸을 걱정해 이슬이 내리는 그 새벽에,

동이 트기도 전에 밭에 다녀가셨을 두 분 얘기를 어머니는 꽤 차분한 음성으로 내게 말씀하셨다.

가만히 생각해보면 외할머니께서 여름에 한차례씩 농사를 짓는 딸의 집을 다녀가신 것도 외할머니에겐 이른 새벽에 딸의 밭에 들러 밭을 매놓고 가는 것과 엇비슷한 일이었을 것이다. 외할머니가 여름날 오셔서 두어 밤을 주무시는 동안 어머니는 옥수수를 쪄내고, 칼국수를 밀고 삶아 어머니의 어머니를 모셨다. 넉넉한 밥상은 아니었지만 손수 기른 것들로 찬을 만들어 모셨다. 내 기억으로는 꽤 귀하게 두었던 마른 명태를 두드려 국을 끓여내시기도 하셨다. 어머니는 대구에 있는 외갓집에 가끔 나를 보내시곤 했다. 당시 외삼촌은 양계장을 하고 있었다. 외갓집의 양계장에 들르면 외할아버지와 외할머니께서 조약돌보다 작은, 갓 낳은, 따뜻한, 새알과도 같은 달걀을 내 작은 손에 쥐여주시곤 했다. 어머니는 당신의 아이를 어른들께 보내어 그 무릎에 앉히는 일로써 당신의 소식을 전하고자 하셨는지도 모른다.

예전에는 이런 생각을 자주 해보지 못했지만, 요즘엔 어머니에게도 어머니가 계셨다는 생각을 이따금씩 하게 된다. 어머니께서 점점 연세가 연만해질수록 생각을 더 자주 하게 될 뿐만 아니라, 외할머니에게 더 많은 것을 묻고 더 많은 것을 해달라고 하지 못한 것이 아쉬움으로 남기도 한다.

'어머니'라는 말은 그 속이 아주 깊은 그 무엇 같다. 그 속의 밑을 다 볼 수 없다. 들어가면 들어갈수록 눈물에 가려 더 들어갈 수 없고, 마음에 벅차서 더 들어갈 수 없고, 그립고 그리워서 그 존재의 끝에 다 닿을 수 없다. 내게 어머니가 그런 것처럼, 어머니에게도 어머니가 계셔서 마찬가지로 그러하실 것이다. 그래서 나는 어머니에게 외할머니에 관한 일을 먼저 여쭙지 않는다. 어머니께서 지나가는 말처럼 말씀하시길 기다릴 뿐이다.

산뜻한
동심

청보리밭이 한창 좋은 때인가 보다. 바람이 불어오고 불어
가는 청보리밭의 풍경 사진을 내게 보내오는 사람들이 더러
있다. 바람에 쓸리는 청보리밭을 보고 있으면 먼 해역으로부
터 푸른 파도가 끝없이 밀려오는 해안에 서 있는 것만 같다.
또 청보리밭을 보고 있으면 종달새 울음소리가 들려오는 것
만 같다. 경쾌한 높이로 날아오르는 종달새의 비행이 좋고,
그 활기 있는 생명의 악보가 좋고, 맑고 푸른 하늘이 좋다.
5월에는 세계의 생기가 일층 자라난다.

5월에는 어린이와 어린이의 동심에 대해 생각하지 않을
수 없다. 놀이공원과 회전목마와 트램펄린이 생각난다. 아이
들의 신난 목소리도 자주 듣게 되는 때다.

아이들의 동심을 새삼스럽게 생각하게 된 이유 가운데 하
나는 최근에 백일장 심사에 참여했기 때문이다. 경남 통영에
있는 작은 절 대성암에서는 초중고 학생들의 백일장을 열고
있다. 올해 열린 백일장에서도 순수하고 맑은 동심들을 만났
다. 때가 묻지 않은 마음들을 만났다.

〈하늘〉이라는 제목으로 아이들은 기특하게도 이런 글을

썼다. "오늘은 하늘이 맑다. 하늘은 파랑색일 때도 있고, 검정색일 때도 있다. 파랑색은 낮이고 검정색은 밤이다." "오늘은 해가 밝은 날이다. 근데 바람이 세게 분다. 그리고 해가 밝으니까 그림자가 잘 보인다. 왜 해가 밝은데 그림자가 보이냐면 봄이기 때문이다."

앞뒤 문장의 연결이 논리적이지 않고 좀 비약적이면 또 어떤가. 무엇보다 이러한 문장에는 어른들이 잊어버린 상상력이 샘처럼 솟아나고 있다. 그것을 호기심이라고 불러도 좋고, 세상에서 벌어지는 일들에 대한 산뜻한 질문이라고 불러도 좋겠다. 아이들은 이 세상에서 벌어지는 일들이 마냥 신기하고 새로운 것이다. 그리고 왜 그 일이 일어났는지, 그 일의 끝은 어떻게 되는지 기린처럼 목을 빼고 들여다보는 것이다.

아이들은 누구와도 친밀해질 수 있고, 기다리고 그리워할 줄 안다. 친밀해지는 일에 조금의 거리낌도 없다. 이 마음은 매우 값진 것이다. 관계에 대한 긍정적이고 열린 생각은 조금의 해로움도 낳지 않을 것이기 때문이다.

아이들은 생명 세계의 비밀을 신기해할 뿐만 아니라 생명

세계와 우호적이고 평화적인 관계를 스스로의 힘으로 맺는
다. 아이들의 마음에는 보복과 거친 질타와 배제가 없다. 이
러할진대 동심이 더욱 자라나는 5월에는 어른들이 되돌아보
아야 할 일이 없지 않다.

땅과 같은 벗

혼자서는 장군將軍을 못한다는 말이 있고, 또 외손뼉은 울릴 수 없다는 말이 있다. 꼭 필요한 관계가 있다는 뜻이다. 마치 새의 두 날개처럼. 그러나 혼자서도 잘 살 수 있고, 끝까지 잘 살 수 있다고 믿는 사람도 있다. 이런 사람은 돕고 의지하는 관계에 의해 자신이 유지되고 있다는 사실을 부정한다. 이 생각은 잘못된 이해 위에 세워진 모래성일 뿐이다. 혼자서 이룬 것이 도대체 어디에 있다는 것인가. 그가 하는 모든 움직임과 그로 인한 결과는 관계에 의하지 않고서는 생산되지 않는다. 그가 하는 아주 작은 움직임조차도 파동이 있어서 다른 것에 힘이 미치게 된다. 뿐만 아니라 그 힘은 연쇄적으로 다른 것들에게도 미치게 된다. 마치 호수의 수면에 뭔가 영향을 미쳤을 때 일어나는 작은 물결이 호수의 가장자리를 향해 가며 연쇄적으로 물결을 만들어내듯이.

그러므로 모든 존재들은 관계되어 있다. 그리고 관계의 좋은 인연은 큰 기쁨을 안겨준다. 향을 잡고 있던 손에서는 향의 미묘한 향기가 나듯이 좋은 인연과의 교우 또한 마찬가지다. 그래서 경전에서는 곡식과 재물을 나누어주고 보호해서

은혜가 두터워지고 박함이 없는 벗을 '땅과 같은 벗'이라고
했다.

뒤집어놓은
항아리

　서로의 소통을 위해 가장 중요한 것은 경청이다. 경청은 상대가 하는 말을 듣기만 하는 것이 아니라 상대가 전달하려는 것의 내용, 그리고 그것에 깔려 있는 동기와 정서를 귀기울여서 듣는 것이다. 또 내가 이해한 것을 상대에게 피드백하는 것까지를 포함한다.

　임상심리전문가인 이현주는 어느 책에서 '소통의 과정'에 대해 썼다. '소통의 과정'이란 상대의 반응을 읽어내고, 그에 따라 부족하게 이해했던 부분을 다시 전달하고, 의도와 다른 부분을 수정하는 것이라고 말한다. 즉 올바른 경청과 소통을 위해서는 나의 의견을 피력하는 것에 초점을 맞추는 것이 아닌 상대의 반응을 읽어내려는 적극적인 경청이 필요하다는 것이다.

　경청은 상대가 말하는 것의 사실, 그리고 말하는 상대의 감정을 동시에 이해하는 것이다. 그러므로 경청을 통한 소통은 언어적 표현은 물론이고 비언어적 표현까지를 이해하는 데에 있다.

　"다른 사람의 말을 경청하지 않는 것은 뒤집어놓은 항아리와 같다. 귀로 들은 것을 마음에 간직하지 못하는 것은 구멍 뚫린 항아리와 같다. 귀로 들은 것을 부정적인 감정과 뒤섞는 것은 독이 담긴 항아리와 같다."

이 말은 티베트의 수행자 뻬뙬 린포체의 말이다. 다른 사람에 대해 귀를 활짝 열어 듣고 생각과 감정을 공유하는 것, 그것이 좋은 소통이다. 나와 남을 대등하게 여기고 나와 남을 바꾸는 연습을 하는 것, 그것에서부터 소통은 가능해진다.

지혜는
시간과 더불어 온다

한 신문의 지면을 통해 예이츠의 시 두 편을 읽었다. 한 편은 나이듦 혹은 겨울의 때를 사는 생명의 내심內心을 다룬 시였다. 시 〈지혜는 시간과 더불어 온다〉의 내용은 이렇다.

이파리는 많아도, 뿌리는 하나;
내 젊음의 거짓된 나날 동안
햇빛 속에서 잎과 꽃들을 마구 흔들었지만;
이제 나는 진실을 찾아 시들어가리.

이파리가 다 떨어진, 시든 꽃나무의 일을 얘기하고 있지만 사실은 근원으로 돌아가는 성찰의 시간에 대해 얘기하고도 있다. 바깥을 향해 가는 시간도 필요하지만 우리의 뿌리에 대해 생각해보는 시간도 필요하다.

예이츠의 시 한 편을 더 읽어보자. 〈깊게 맺은 언약〉이라는 시다. "그대가 우리 깊게 맺은 언약을 지키지 않았기에/ 다른 이들이 내 친구가 되었으나;/ 그래도 내가 죽음에 직면할 때나,/ 잠의 꼭대기에 기어오를 때,/ 혹은 술을 마셔 흥분했을 때,/ 나는 문득 그대의 얼굴을 만난다."

짧지만 여운이 길게 남는 시다. 한번 깊게 맺은 인연이 어떤 사건으로 인해 파국을 맞았지만 그 예전의 관계는 지속적으로 영향을 끼친다는 뜻을 담고 있다. 마음으로 주고받는 일은 쉽게 일단락되지 않는다는 의미이기도 하다.

이 두 편의 시를 읽으면서 나는 '관계'에 대해 생각해보았다. 우리는 그물처럼 서로 연결되어 있다. 한몸, 한 생명이다. 유기적으로 연결되어 있어서 말과 행동과 마음이 오고간다. 모든 관계는 주고받고 조합하여 좀더 높게 올라서는 관계다. 조금조금씩의 변형과 가감加減을 거쳐 새로운 가능성을 마련하게 된다.

우리들 사이의 유기적 관계에 대해 늘 사유하고, 이를 통해 나를 개방하고, 또 그러한 개방을 통해 새롭고, 높고, 이상적인 차원의 자아에 이르러야 한다. 이것은 내가 최근에 읽은 예이츠의 두 시가 말하고자 하는 내용이기도 하다.

내가 재벌이라면

김종삼 시인은 〈내가 재벌이라면〉이라는 시에서 "양로원 뜰마다/ 고아원 뜰마다 푸르게 하리니/ 참담한 나날을 사는 그 사람들을/ 눈물 지우는 어린것들을/ 이끌어주리니/ 슬기로움을 안겨주리니/ 기쁨주리니"라고 써서 우리 주변의 쓸쓸하고 가난한 삶에 대해 큰 관심을 드러냈다.

다른 사람이 우리를 응원하고 힘을 보태주듯이 우리도 누군가의 이익을 늘려주면서 살아가야 한다. 다른 사람에게 베풀 때 점차 자신도 넉넉해지고 자아도 강화된다는 것을 알아야 한다. 어려운 형편에 있는 누군가를 돕는 일이 나에게 손해가 되는 일이 아니라, 나에게 득이 되고 유익하게 된다는 것을 알아야 한다.

옛 말씀에 걸러낸 물이 아니면 마시지 않아서 작은 벌레조차 죽이지 말아야 한다고 했고, 길을 갈 적에도 생초生草를 밟지 말라고 했고, 모든 살아 있는 것에 대해 도움을 주려는 생각을 가져야 한다고 했다. 약한 생명에 대해서는 갓난아기처럼 여겨서 돌보아야 한다고도 일렀다. 다른 생명들에 대한 폭력을 내려놓아야 한다.

불교 경전에서는 이렇게 가르치고 있다. "길을 가면서 두 가지 해야 할 일이 있다. 매우 더울 때와 비가 오는 때에 나무 그늘이나 집이 있으면 남에게 먼저 앉으라고 양보하고, 우물이나 샘물이 있거나 물을 가진 것을 보았을 경우에는 남에게 먼저 마시라고 양보하는 것이 그것이다." 다른 사람을 나처럼, 나보다 우선해서 보호하고 돌보라는 가르침이다.

두 줄의 현에서
하나의 달콤한 음을 만들어내는 바이올린처럼

  생명의 몸과 마음을 '유사流沙'에 비유하곤 한다. 유사는 바람이나 흐르는 물에 의해 흘러내리는 모래를 뜻한다. 그러한 모래처럼 생명 자체가 허물어지기 쉽다는 것이다. 그러나 이러한 무상함을 자꾸자꾸 생각하기보다는 현재 이곳에 늘 밝게 깨어 있는 것이 훨씬 이롭다. 산책의 시간에는 그 단순한 움직임을 즐기고, 가만히 명상하는 시간에는 걱정을 잊고 숨을 고르면서 잔잔한 숨결을 느낄 일이다. 이것이 바로 우리가 순간순간을 깨어 있는 것이요, 신성한 시간을 사는 것이다.

  우리가 서로서로에게 우호적으로 관계하고 있다는 사실에 대해서는 늘 감사할 일이다. 릴케는 사랑하는 사람의 관계에서 울려나오는 음을 바이올린을 켤 때 생겨나는 달콤한 음에 비유했다. 영혼과 영혼이 깊이 교감하면서 내는 조용한 화음을 "두 줄의 현에서 한 음을 짜내는, 활 모양의 바이올린처럼 우리는 한데 묶여 있다"라고 말했다.

  우리 모두의 가슴에는 생기가 돌고, 맑게 반짝반짝 빛나는 강물이 흐르고 있다고도 생각할 일이다. 한 번도 마르지 않고,

또 낮밤으로 쉼이 없이 강물이 흐르고 있다고 생각할 일이다.

우리는 찬란한 생명의 강물 그 자체라고 생각할 일이다.

우리는
웃으며 이야기하자

네팔의 시인 마가르의 시 〈친구에게〉의 일부를 읽어본다. "오, 친구여, 네 노래는/ 우리 결코 잊지 않으리./ 웃으며 이야기하세!/ 우리 관계 결코 깨지지 않으리./ 웃고 춤추며, 웃으며 이야기하세!// (…)// 우리는 함께 지내자./ 우리는 같이 노래하고,/ 즐겁게 지내자. 모두 좋은 마음으로!"

이 시는 삶에 어떤 위기가 오더라도 웃으며 이야기하고 좋은 마음으로 같이 살자고 친구에게 말한다. 아주 긍정적인 내면의 상태를 보여주는 시다.

우리가 한 사람을 만나는 인연은 매우 소중하다. 우리가 지금 만나고 있는 사람은 그의 과거와 현재와 미래가 함께 온 것이다. 이렇게 생각한다면 다른 사람을 결코 가볍게 여길 수 없을 것이다.

선의를 갖고 서로 도우면서 살아가는 일에 대해 생각해본다. 멀리에 살고 있고, 가까이에 살고 있는 나의 친구들을 생각한다.

바람이 불면 바람이 부는 나무가 되지요

당신은
나의 안쪽에 가득하네

사랑하는 A님, "스페인어로 시를 쓰는 시인들 중에서도 가장 뛰어난 시인"으로 손꼽히는 안토니오 가모네다의 시집 《내 입에서 당신의 뺨까지》를 어젯밤에 읽었습니다. 바깥에는 엄동의 추위가 기세를 더해가는 그런 밤이었습니다. 안토니오 가모네다는 자신을 '시를 쓰는 프롤레타리아'라고 불렀다는데 저는 그가 쓴 시 〈사랑〉이 참 좋았습니다. 이 시를 A님에게 읽어드립니다.

"내가 사랑하는 방법은 단순하다네/ 당신을 나에게 밀착시키는 것/ 정의가 조금이라도 남아 있다는 듯/ 그 정의를 당신에게 몸으로 줄 수 있다는 듯// 당신의 머리칼을 뒤적이며 쓰다듬을 때/ 내 손에 아름다운 무언가가 만들어지네// 더는 알지 못하네/ 오직 당신과 편히 있고 싶고/ 가끔은 내 마음을 누르는/ 알 수 없는 의무감/ 그리고 평안히 있고 싶을 뿐"

이 시는 솔직해서 좋습니다. 가슴 안쪽에 가득한, 석류처럼 붉게 익은 사랑의 감정을 드러내고 있습니다. 이 시에서 말하고 있는 것처럼 사랑의 감정은 매우 단순한 감정일지도 모릅니다. "당신을 나에게 밀착시키"고 싶은 열망 그 자체이기 때문입니다. 그냥 내 가까운 곳에 당신이 있기를 바랄 뿐인 것입니다. 내가 당신을 호명하는 소리를 언제라도 당신이 들을 수 있도록. 그리고 당신의 머리칼을 부드럽게 만질 때 아름다운 그 무엇이 새롭게 만들어지는 것처럼 당신을 사랑하는 그 마음으로 인해서 이 세상에, 무엇보다 제 마음에 무언가 아름다움이 보태지는 것을 느끼는 것입니다. 마치 화단의 꽃나무가 새로이 꽃봉오리를 맺는 것처럼.

누군가를 사랑하는 일은 참으로 멋진 일입니다. 누군가를 사랑하기 시작하는 순간 우리는 일상의 모든 순간에서 사랑하는 사람을 만나는 묘한 체험을 하게 됩니다. 그것은 착각에 빠지는 일이지만 그러한 착각에서 깨어나고 싶지도 않습니다.

사랑하는 A님, 저는 새로 사와서 화병에 꽂은 꽃에서도 당신을 발견하고, 벽에 걸어둔 달력 속에서도 당신을 발견하고, 창으로 들어오는 겨울 햇살 속에서도 당신을 발견하고, 감미로운 음악의 선율에서도 당신을 발견합니다. 그러므로 당신은 제가 있는 모든 곳에서 존재합니다. 당신은 제 안쪽에 가득합니다.

위대한 자연과
작은 자연

　나는 시를 쓸 때마다 비가시적인 다리를 건너 자연의 세계로 간다. 나는 그 자연의 세계가 화평과 균형과 조화와 친밀함의 세계라고 생각한다. 각각의 생명들이 독립적으로 존재하면서 존중받는 세계가 자연의 세계다. 물론 우리 인간도 작은 자연으로서 위대한 자연의 일부다.

　나의 아버지와 어머니는 날이 밝으면 자연으로 가셨고, 날이 저물면 자연에서 나오셨다. 나의 아버지는 지게에 가득 가족을 먹일 곡식과 짐승을 먹일 풀을 지고 오셨고, 나의 어머니는 식구들이 저녁에 먹을 채소와 다음해에 심을 씨앗을 이고 오셨다. 저녁이 되면 나는 아버지와 어머니께서 자연의 품에서 얻어올 것이 무엇일지 궁금해했고, 또 아버지와 어머니께서 자연으로부터 돌아오시는 것을 기다렸다. 그것은 아마도 나의 나이 서너 살 무렵부터 그렇게 하지 않았나 싶다.

　나는 시를 쓸 때마다 비가시적인 다리를 건너 자연의 세계로 간다. 거기에는 공동의 물품을 함께 사용하는 생명들이 있다. 우리는 산의 기슭과 봉우리를 공유하고, 구불구불한 곡선의 산길과 들길을 공유하고, 평온한 저수지를 공유하고, 수로의 깨끗한 물과 들판 곳곳에서 솟는 샘물의 맑음을 공유한다. 햇빛과 빗방울과 눈보라와 천둥과 토양을 공유한다. 선물로 들꽃을 서로 주고받고, 서로의 언어를 불어가는 바람에 실어 보낸다. 우리는 바위처럼 침묵할 때에는 물론, 덤불 속의 새 떼들처럼 많은 말을 주고받을 때에도 서로의 마음을 잘 이해한다.

바람이 불면 바람이 부는 나무가 되지요

씨앗이 자라는 속도를 넘으면
공포만이 자랄 뿐

　맹자가 제자 공손축公孫丑에게 들려준 얘기는 삶의 속도에 대해 생각해보게 한다. 송나라 사람 중에 벼싹이 빨리 자라지 않는 것을 안타깝게 여겨서 뽑아 올려놓은 사람이 있었는데, 그는 아무것도 모르고 돌아와서는 집안사람들에게 이르기를 "오늘 나는 매우 피곤하다. 내가 벼싹이 자라도록 도왔다"라고 말했다. 이 말을 들은 아들이 달려가서 보니 벼싹이 말라 있었다. 이에 맹자는 공손축에게 이렇게 말했다. "천하에 벼싹이 자라도록 억지로 조장助長하지 않는 자가 적으니, 유익함이 없다 해서 버려두는 자는 비유하면 벼싹을 김매지 않는 자요, 억지로 조장하는 자는 벼싹을 뽑아놓는 자이니, 이는 비단 유익함이 없을 뿐만 아니라 도리어 해치는 것이다."

　맹자가 이 얘기를 한 까닭은 호연지기浩然之氣를 기르는 일에 힘쓰되, 효과를 미리 기대하지 말라는 가르침을 주기 위해서였다. 호연지기는 의리義理를 축적해야 하는 것인데, 이 의리의 쌓임이 하루아침에 이뤄지지 않기 때문이다. 맹자의 이 말씀은 우리 시대에도 여전히 유효하다. 이 송나라 사람의 조급증을 오늘날의 우리도 버리기가 어렵다.

법정 스님이 생전에 조카에게 보낸 편지글들을 읽었다. 편지글들 가운데 내게 인상적이었던 글은 조카가 집에 화단을 만들었다는 소식을 전해오자 스님께서 크게 기뻐하며 답장으로 쓴 것이었다. 스님께서는 화단이 생긴 것을 참 고마운 일이라고 말하며, 꽃을 가꾸는 고운 마음씨를 높이 찬양한다고 썼다. 일상에서 일어나는 작은 일이 가져다주는 행복을 소중하고 위대하게 받아들이셨기 때문에 이처럼 썼을 것이다.

작은 화단을 가꾸는 일은 삶의 속도를 식물이 움직이고 자라는 속도에 맞추는 일일 것이다. "씨앗이 자라는 속도를 넘어선 곳에서는 공포만이 자랄 뿐 안심은 없습니다." 일본의 환경운동가 쓰지 신이치의 이 말은 지금 우리 삶의 속도에 대해 생각해보게 한다.

이규보가 나눈
돌과의 문답

　이규보가 쓴 문장 가운데 돌과 나눈 문답이 있다. 돌이 스스로를 자랑하며 "나는 하늘이 낳은 것으로 땅 위에 있으니, 안전하기는 엎어놓은 동이와 같고 견고하기는 깊이 박힌 뿌리와 같아, 사물이나 사람 때문에 움직이는 법이 없으므로 그 천성을 보존하고 있으니 참으로 즐겁네"라고 말했다.

　그러자 이규보는 다음과 같이 써서 답했다. "나는 안으로 실상實相을 온전히 하고 밖으로는 연경緣境을 끊었기에, 사물에게 부림을 받더라도 사물에 신경을 쓰지 않고, 사람에게 밀침을 받더라도 사람에게 불만을 갖지 않으며, 움직이지 않을 수 없는 박절한 형편이 닥친 뒤에야 움직이고, 부른 뒤에야 가며, 행할 만하면 행하고 그칠 만하면 그치니, 옳은 것도 옳지 않은 것도 없다. 자네는 빈 배를 보지 않았는가? 나는 그 빈 배와 같은데, 자네는 어찌 나를 책망하는가?"

　참으로 멋진 응수다. 돌은 흔들어도 꿈짝하지 않는, 매우 경직된 요지부동搖之不動에 대해 말한다. 그러나 이규보는 자신을 스스로 완전하게 갖추어서 잘 제어하는 일에 대해 말한다. 심지어 때에 잘 맞추는 시중時中에 대해 말한다. 어느 쪽이 더 안목과 아량이 좁은지는 두말할 필요가 없다. 역경을 만날 때에도 어느 쪽이 그것을 잘 넘어설지 또한 두말할 필요가 없다.

매미가 울어서
여름이 뜨겁다

여름의 명물로 매미를 들 수 있을 것 같다. 매미는 짝을 찾기 위해서 우는 것으로 알려져 있다. 그리고 매미가 우는 데에는 순서가 있다고도 한다. 참매미가 울면 유지매미나 쓰름매미 등은 울 차례를 가만히 기다린다. 이 이유인즉 짝을 찾는 소리가 다른 매미의 울음소리와 뒤섞이지 않게 하기 위해서라는 것이다. 성충이 되기까지 7년 동안 땅속 생활을 한 후에 여름 낮밤에 2주일 정도를 울고 간다는 여름 매미. 여름 매미가 열정적으로 우는 이유를 잘 알 것 같다.

그래서 안도현 시인은 "매미가 울어서/ 여름이 뜨거운 것"이라 칭송했고, 박영근 시인 또한 "온살을 부벼" 우는 한 생명이 갖고 있는 절정의 시간에 대해 예찬했던 것이다.

여름 낮밤 천지에 매미 소리는 가득하다. 목피木皮에 앉아 우는 매미 소리는 염천을 뒤흔든다. 그 소리를 듣고 있으면 매미는 아주 몸이 작지만 배포가 무척 크다는 생각을 갖게 된다. 천공天空에 오로지 매미의 울음뿐이다.

매미가 다 울고 가면 여름도 지나갈 것이다. 매미가 다 울고 가면 여름 우레도 소낙비도 삼복더위도 지나갈 것이다. 맹

219

럴한 의욕 하나가 우리의 심중心中을 좌우로 앞뒤로 상하로
통째로 흔들어놓고 지나갈 것이다.

마음이 죽은 것보다
더 큰 슬픔은 없다

생명 세계의 모든 존재들은 저 자신을 뒤집을 줄 안다. 스스로 고유하고 존엄하며 스스로 역동적으로 변화할 줄 안다.

백담사 만해마을에 머무는 동안 가까이에서 본 여름의 생명 세계 또한 그러했다. 흐르는 물, 완강하게 버티고 앉은 바위, 익어가는 옥수수, 중천을 이착륙하는 잠자리, 차오르는 달, 사방으로 세력을 뻗어가는 풀밭, 테두리가 높게 커지는 여름산이 그러했다. 생명 세계는 스스로 유신維新하는 힘을 갖추고 있었다.

만해 한용운 스님의 글을 읽으며 며칠을 보냈다. 시집《님의 침묵》첫머리에는 사족蛇足이라는 뜻으로 겸손하게 표현하여 붙인 〈군말〉이 있다. "〈님〉만 님이 아니라 기룬 것은 다 님이다 중생衆生이 석가釋迦의 님이라면 철학哲學은 칸트의 님이다 장미화薔薇花의 님이 봄비라면 마시니의 님은 이태리伊太利다 님은 내가 사랑할 뿐 아니라 나를 사랑하나니라." 엄혹했던 식민지 시대에 쓴 이 명문에는 뭇 생명의 자유와 평등을 사랑하고 찬양하는 절절한 마음이 녹아 있다.

이번 독서에서 나를 호되게 매질한 것은 만해 한용운 스님이 1910년 12월 8일에 완성한 《조선불교유신론》이었다. 이 글에는 불교 유신의 구체적인 방법이 제시되어 있다. 알려진 대로 수행자의 결혼을 자유의사에 맡길 것, 깊은 산속에 있는 절을 도회지로 옮길 것, 각종 의식을 간략하게 할 것 등 당시로서는 파격적인 제안이 포함되어 있다. 이러한 내용들은 종단과 신도들을 대상으로 한 쇄신책이라고 할 수 있다. 이에 비해 나를 크게 경책한 문장들은 세속의 인심人心에 관련된 내용이었다. 다음과 같은 문장들이었다.

"옛사람들은 그 마음을 고요히 가졌는데 오늘날의 사람들은 그 처소를 고요하게 갖고 있다." "오늘날의 세계는 반 넘게 황금을 경쟁하는 힘에 의해서 좌우되고 있다."

이러한 문장들을 읽는 순간 나는 쉽게 움직이고, 어지럽고, 어둡고, 물질에 현혹되는 내 마음을 되돌아보게 되었다.

그러나 이 모든 문장들보다 나를 바싹 옥죄어 아프게 한 것은 '방관자'를 꾸짖은 대목에 있었다. "세상에서 가장 싫어하고 미워하고 더러워해야 할 사람이 있다면 방관자보다 더한 것이 없을 것"이라면서 방관자들을 호통쳤다.

바람이 불면 바람이 부는 나무가 되지요

방관자에는 여섯 부류가 있다고 했다. 혼돈파混沌派, 위아
파爲我派, 오호파嗚呼派, 소매파笑罵派, 포기파暴棄派, 대시파待
時派가 그 무리라고 했다. 혼돈파는 세사에 까맣게 어두워 먹
고 잠자는 일에만 골몰하는 무리요, 위아파는 "벼락이 쳐도
편히 앉아서 보따리를 찾는" 무리요, 오호파는 탄식을 일삼는
무리요, 소매파는 배후에서 욕설하고 남을 비방하는 무리요,
포기파는 남에게 기대고 자신에게는 의지하지 않는 무리
요, 대시파는 "스스로 방관자가 아니라고 하는" 무리라는 것
이다. 세상의 일에 관여하지 않고 곁에서 보기만 하는 세태를
이처럼 세세하게 나누어서 바늘로 찌르는 것처럼 아프게 나
무라는 말씀에 실로 놀라지 않을 수 없었다.

　만해 한용운 스님은《조선독립의 서》첫 문장을 "자유는
만물의 생명이요, 평화는 인생의 행복이다"라고 썼다. 생명
세계는 스스로 독립을 부르짖고, 스스로 혁신한다. 그러나 생
명 세계의 본래 성품과 질서를 온전히 보호하는 일은 조금만
방관해도 어렵게 되고 만다. 혹여 소매에 손을 찌른 채 이 일
을 방관하며 살고 있는 것은 아닌지 함께 돌아볼 일이다.

여름날과
별 가득한 수박

여름에 관한 많은 시들이 있다. 일본의 하이쿠 시인인 바쇼는 "장맛비 내려 학의 다리가 짧아졌다"라고 썼다. 장맛비에 여울의 물이 불어 여울에 서 있는 학의 다리가 그만큼 짧아 보인다고 쓴 것이다. 요시와케 다이로는 "여름풀이여, 꽃을 피운 것들의 애틋함이여!"라고 노래했고, 무라카미 기조는 "여름풀 위에 고치를 만들고 죽는 풀벌레"라고 써 여름날 마음속에서 일어나는 흥취를 시로 풀어썼다.

여름이 되어 숲은 빼곡하게 들어찼다. 나뭇잎들은 윤기로 빛난다. 붉게 익은 과일은 쏟아진다.

파블로 네루다의 시 가운데 〈수박을 기리는 노래〉가 있다. 파블로 네루다는 이 시에서 여름날의 수박을 "여름의 초록 고래" "물의 보석상자" "흩어져 있는 루비" 등에 비유하며 "별 가득한 수박을" 먹고 싶다고 노래한다. 여름 과일의 여왕으로 수박을 손꼽은 참으로 멋진 노래가 아닐까 한다.

바람이 불면 바람이 부는 나무가 되지요

여름의
명물은 바람

중국 송宋나라 때의 혜개 선사의 시에 이런 구절이 있다. "봄에는 여러 꽃들 피어나고/ 가을에는 밝은 달이 뜬다./ 여름에는/ 시원한 바람 불고/ 겨울에는 눈이 내리니/ 이러쿵저러쿵 쓸데없는 생각에 얽매이지 않으면/ 인생은 항상 즐거운 것을."

그는 계절마다 명물이라 할 만한 것들이 있어 삶을 기쁘게 한다고 썼다. 그리고 계절마다의 명물로 꽃, 달, 바람, 눈을 꼽고 있다. 여름의 명물로는 시원하게 불어오는 바람이 제일의 상품이라고 썼다. 맹렬하게 더운 때에 햇볕 아래에서 노동하는 사람들의 땀을 식혀주는 것은 시원한 한줄기의 바람만 한 것도 없을 것이다.

그런데 이 바람이 좋은 것은 높은 강도의 애씀으로 인한 극도의 피로 상태가 있기 때문에 가능할지도 모르겠다. 고통 끝에 낙이 온다고 한 이유도 이 때문일 것이다. 혼신의 힘을 다한 열정이 있는 곳에서 맞게 되는 보람은 시원한 한줄기 바람처럼 찾아오는 것이다.

여름날의
플라타너스처럼

폭염으로 인해 우리가 사는 이곳은 마치 솥처럼 뜨겁다. 강렬한 햇빛이 있는 동안 우리는 짙푸른 나무의 그늘이 얼마나 고마운지를 다시금 새롭게 느낄 수 있다.

폭염은 여름 나무의 그늘을 짙게 한다. 먼 하늘에서 우레가 치고 또 울려오고, 폭우가 쏟아지고 강풍이 불어가면서 여름도 지나간다. 그러는 동안 시간이라는 나무에서는 옛 시간의 옛 잎들이 떨어져내린다. 고운기 시인은 시 〈여름 플라타너스〉를 통해 옛 잎을 떨어뜨리고 플라타너스가 새잎들의 녹음으로 깨끗하고 시원하고 말쑥하게 차려입은 것에 대해 노래했다.

여름의 계절에는 소용돌이가 많다. 하늘에도 바다에도 맴돌이가 많다. 바다는 태풍을 낳지만 태풍으로 인해 바다는 한차례 뒤집힌다. 그리하여 바다의 공간이 신선하게 바뀐다. 큰 바람을 맞은 후 산뜻하게 갖추어 입게 된 플라타너스처럼 말이다. 우리의 삶도 여름 플라타너스와 같다. 바뀌고 교체되는 것에 따라 새로운 것이 부각되고, 새로운 것을 발견하게 된다.

여럿의 꽃들이
꽃다발을 이루듯이

한 알의 대추가 익는 데에는 얼마나 많은 것들의 도움이 필요할까? 장석주 시인은 〈대추 한 알〉이라는 시를 통해 한 알의 대추가 붉어지는 데에도 태풍과 천둥과 벼락과 무서리와 땡볕과 초승달의 도움을 받는다고 말한다. 대추가 "저절로 붉어질 리"도, "저 혼자 둥글어질 리"도 없다는 것이다.

한 톨의 쌀을 얻는 과정이나 딸기, 모과 등의 과일을 얻는 과정도 이와 별반 다르지 않다. 하나의 성숙, 하나의 완성 뒤에는 협력적 조력자들이 있다. 가령 산의 산빛이 연두로 번지는 데에는 모든 수종의 나무, 덤불, 풀 들이 새잎을 냈기 때문이다. 이 부조扶助는 은밀하지만 어긋남이 없이 이뤄지고 있다.

가족의 경우도 다르지 않다. 밥상 공동체라는 말이 있듯이 식구들은 하나의 둘레를 이루어 서로를 마주보고 서로를 거든다. 눈물의 골짜기에 살 때에도 기쁨의 나라에 살 때에도 가족들은 서로 섞이고 함께 움직인다. 식구 가운데 한 사람의 표정, 목소리, 작은 동작의 변화는 다른 식구들에게 곧바로 영향을 미친다.

동네의 경우도 역시 이러하다. 서로의 일에 손을 보태고, 걱정을 나누어서 줄여주고, 함께 기뻐해 경사스러운 시간을 더 늘린다.

한 단의 꽃다발이 여기에 있다고 상상해보자. 그 꽃묶음은 여럿의 꽃을 줄기째나 가지째로 모아 묶은 것이다. 개별적인 주체로서의 우리 또한 꽃다발에 속해 있는, 꽃다발을 이루는 꽃이라 할 수 있다. 물론 각각의 빛깔과 향기가 온전하게 보호받는 꽃으로서 말이다. 우리가 서로에게 꽃이라고 생각하는 그 순간 이 세계는 가장 환하고 멋진 꽃다발이 될 것이다. 누군들 그 환하고 멋진 꽃다발을 받아 안고 싶지 않겠는가.

계절이 바뀔 때

남쪽 바다에서 그물로 싱싱한 전어를 잡아 올리던 어부가 "파닥파닥하는 전어가 이렇게 올라오면 이제 가을의 시작이지요"라고 말했을 때 잊고 있었던 가을이 내게 찾아왔다. 고창 선운사에 꽃무릇이 피어 산사가 붉은 융단을 깐 것 같다는 소식을 전해 들었을 때 다시 가을이 찾아왔다. 머잖아 설악산에서 첫 단풍이 시작될 것이라는 예보를 들었을 때 또다시 가을이 찾아왔다.

가을이 오니 사방이 풀벌레 소리다. 아침저녁이 서늘해졌다. 햇배와 붉은 사과가 과일가게에 수북하다. 주말이면 등산복을 차려입은 수많은 사람이 입산한다. 시인 릴케가 썼듯이, 두 세계 가운데 "한쪽은 하늘로 올라가고, 다른 쪽은 땅으로 꺼지"는 시간인 해질녘에 한강을 따라 마포에서 양화진까지 걷다 보면 산책을 나온 사람들과 자전거를 타는 사람들이 부쩍 늘었다. 나는 이러한 풍경들 곁에 앉아 폐결핵을 앓다 요절한 시인 존 키츠의 시 〈가을에 부쳐〉를 낮게 읊조린다.

"태양과 공모하여 초가집 처마를 휘감은 포도나무들을/ 열매로 가득 채우고 축복해주며,/ 이끼 긴 오두막집 나무들을

사과로 휘어지게 하고,/ 과일 하나하나 속속들이 무르익게
하고,/ 박을 부풀어오르게 하고, 개암 열매 깍지를/ 달콤한
과육으로 살찌우고, 꿀벌들을 위해/ 늦게 피는 꽃들을 더욱
더 피어나게 한다./ 여름이 이미 끈적끈적한 벌집들을 흘러
넘치게 하였기에/ 꿀벌들은 따스한 날들이 결코 그치지 않으
리라 믿는다."

　이처럼 가을의 냄새가 곳곳에 흥건한 것을 보니 가을에는
코와 눈의 감각도 더 예민해지는 것 같다. 바깥 대상과 세계
에 대한 감각의 내용이 자세하고 촘촘하니 그 감각 기관을
우리의 내부로 돌려 사용하면 자기 자신에 대한 생각도 보다
명료해질 것이다. 나는 2015년 가을에 시 〈시월〉을 썼다.

　수풀은 매일매일 말라가요 풀벌레 소리도 야위어가요 나
뭇잎은 물들어요 마지막 매미는 나무 아래에 떨어져요 나는
그것을 주워들어요 이별은 부서져요 속울음을 울어요 빛의
반지를 벗어놓고서 내가 잡고 있었던 그러나 가늘고 차가워
진 당신의 손가락과 비켜간 어제

나는 곡선의, 더 많은 논둑길을 걸을 것이다. 나는 혼자 있는 곳에서 즐거움을 찾을 것이다. 물론 다른 이들을 잘 알아서 기꺼이 받아들일 것이다. 그리고 곡물을 수확하는 농부의 마지막 일손이 끝나면 빈 들판이 가을의 출구가 될 것이다. 그동안 나뭇잎이 떨어지고, 새들이 이동하고, 사람들은 머플러를 목에 두를 것이다.

그러나 이 모든 시간이 개울물처럼 멀리 흘러가고 계절이 바뀔 때 근본을 살피는 것 또한 필요한 일이다. 가령 나는 신라 화엄학의 대성大聖인 의상 스님이《화엄경》법계도를 설명하며 하셨던 말씀을 요즘 거듭거듭 생각하고 있다. 스님은 '행행본처行行本處 지지발처至至發處'라고 하셨으니 그 뜻은 '가고 또 가도 그 자리가 본래 자리요, 이르고 이르더라도 그 자리가 출발한 자리'라는 것이다. 그렇다면 본래 자리는 어떤 곳일까. 온유한 사랑이 사는 곳이 아닐까. 깨끗하고 고요한 평상심이 사는 곳이 아닐까. 이롭게 하는 마음이 사는 곳이 아닐까. 물과 새와 나무, 우리 모두가 외우고 지키는 법이 사는 곳이 아닐까. 모든 이들의 '같은 내면'이 사는 곳이 아닐

까. 나도 당신도 지구도 서로 친밀감을 갖고 붉은 가을의 입
구에 함께 있다.

시를
낙엽 위에 쓰네

가을이 점점 깊어간다. 아침에는 단풍을 마주보고, 해 떨어지는 저녁에는 낙엽을 줍는다. 중국 원대의 사람 마치원의 시 〈추사秋思〉를 읽으니 참 좋다.

마른 등넝쿨과 늙은 나무와 황혼의 까마귀
작은 다리와 흐르는 물과 외딴집 한 채
옛길과 서풍과 수척한 말 한 마리
석양은 서녘으로 떨어지는데
하늘 끝 가슴 시린 저 사람이여!

가을날 읽는 이런 절절한 시구에 대해서는 무슨 말이 더 필요하겠는가. 쇠락의 기운이 꽉 찼으니 그냥 가슴이 먹먹할 뿐이다.

김시습은 "새로 지은 시를 낙엽 위에 쓰고// 저녁 찬으로 울 밑에서 꽃을 줍노라// 나무들 옷을 벗자 온 산은 여위어간다"라고 써 가을의 정취를 노래했다. 이 가을의 날들을 늘려서 살고 싶다.

가을산의
둘레

　나그네가 사립문을 열 때

　새로이 서늘한 바람이 나무를 흔들고 초승달이 미세하게
생겨난다.

　근대 한국 불교의 선지식 석전 박한영 스님이 쓴 시 〈새로
운 가을밤에 앉아〉의 한 부분이다. 빗장을 열 때 추풍이 유입
되어 생기는 변화를 풍광뿐만 아니라 심경心境에 두루 걸쳐
포착한 절창이 아닌가 한다. 게다가 높은 고독도 있다.

　가을이 처처에 내리고 있다. 계단을 층층 내려서듯 가을은
내려오고 있다. 마당을 지나 현관문을 열고 가을은 우리들의
가옥에도 들어오고 있다. 단풍은 또 어떤가. 단풍은 가쁘게
울퉁불퉁한 산맥을 따라 남하할 것이다.

　이런 가을날에는 김종해 시인의 시 〈가을길〉의 다음과 같
은 시구가 생각난다.

　굴참나무에서 내려온 가을산도

　모자를 털고 있다.

이 절묘한 시구를 들여다보고 있으면 마치 가을이 산행을 하는, 하산하는 등산객처럼 느껴진다. 가을이 한 구의 몸같이 구체적으로 실감나게 다가온다. 어쨌든 등산객의 보폭과 걸음의 속도로 가을은 우리들의 일상 속으로, 일상의 속가俗家로 보행을 해서 들어서고 있는 것이다.

사흘 전 파주 심학산 둘레길을 걸었다. 매번 느끼는 것이지만 '둘레'라는 말은 물빛처럼 참으로 윤기가 있다. 품이 옹색하지 않고 다소는 너르다. 융통이 있다. '둘레'라는 말에는 단도직입이 없다. 이 말에는 시골의 휘어져나가는 논두렁을 걷는 곡선의 느낌이 있다. 서두르는 조급함도 없다. 모나지 않다. 대화법으로 말하자면 말을 에둘러 하는 화법에 가깝다. 폭력적이지 않아 좋다. 물론 심학산 꼭대기에 곧바로 올라설 수 있는 길이 없는 것은 아니다. 그러나 담소를 나누며 크고 둥근 궤도, 둘레길을 택해 걷는 상냥하고 선한 사람들을 더불어 만나니 모두의 얼굴과 안광眼光이 시월상달의 구름 한 점 없는 하늘처럼 느껴졌다.

산을 마주하고 오래 앉아 있는 일도 좋지만, 산의 둘레를 걷는 일 또한 신선한 소요의 체험이다. 작고한 이성선 시인은 산에 들면 세속의 문답법을 버리게 된다고 했다. 나무를 가만히 바라보고 구름을 조용히 쳐다보며 걸어가는 것, 그것뿐이라고 말했다. 산행에서는 산을 횡橫으로, 혹은 가까이서 혹은 멀리서, 때로는 높은 곳에서 때로는 낮은 곳에서 바라보아야 산의 면목을 완성할 수 있을 것이다. 이런 의미에서 둘레길을 걷는 일은 산의 면목을 완성시키는 어떤 심미적인 활동이라고 할 수 있다. 그리고 보면 '둘레'라는 말에는 율동이 있다.

정현종 시인은 시 〈어떤 성서〉에서 천천히 에둘러 가는 달팽이의 움직임을 "그런 천천히는 처음 볼 만큼 천천히"라고 표현했다. 우리는 가을에 우리의 몸과 마음을 좀 띄엄띄엄 떼어놓을 필요가 있다. 내면에도 소로의 흙길이 있을 것이니 내면의 둘레길을 가을에는 걸어볼 일이다.

고원과
황락

만해 한용운 스님은 1918년 9월 1일자로《유심惟心》을 창
간했다. 근대적인 글쓰기를 실험한 이 잡지는 불교 수양지 혹
은 종합 교양지로서의 색채를 함께 보였다. 편집 겸 발행인이
한용운 스님으로 되어 있고, 발행소는 서울 계동 43번지로 되
어 있다. 한용운 스님이 직접 쓴 창간사 '처음에 씀'의 일부는
다음과 같다. "보느냐. 샛별 같은 너의 눈으로 천만千萬의 장
애障碍를 타파하고 대양大洋에 도착하는 득의得意의 파波를.
보이리라 우주의 신비神秘. 들리리라 만유萬有의 묘음妙音. 가
자가자, 사막도 아닌 빙해氷海도 아닌 우리의 고원故園, 아니
가면 뉘라서 보랴, 한 송이 두 송이 피는 매화梅花."

그러나 이 잡지는 1918년 12월 통권 3호를 끝으로 아쉽
게도 종간했다.

그런데 1918년 12월에 종간된《유심》은 83년 만인 2001
년 봄에 다시 복간되었다. 이러한 복간 과정에는 잘 알려진
대로 설악 무산 조오현 스님의 노력이 있었다.

《유심》2014년 11월호 특집란〈원로시인의 안부를 묻다〉
를 읽었다. 특집란은 감명 깊었다. 김종길 시인은 시〈황락

黃落〉을 발표했다. 시의 일부는 이러했다. "내 뜰엔 눈 내리고/ 얼음이 얼어도, 다시/ 봄은 오련만// 내 머리에 얹힌 흰 눈은/ 녹지도 않고, 다시 맞을/ 봄도 없는 것을!"

김종길 시인은 구십고령九十高齡을 눈앞에 둔 당신의 인생을 '황락'이라는 시어로 표현했다. 시인은 '황락'을 일컬어 "가을철에 식물의 잎사귀가 누렇게 물들어 떨어지는 것"이라고 덧붙였다. "식물의 세계에서는 황락기를 거치면 다시 생명이 되살아나는 '소생기'인 봄이 찾아오지만, 인생에는 그것이 없다. 이 인생의 일회성이 인생 황락기의 애수哀愁의 근원"이라고 쓴 문장을 읽으니 뭉클해졌다.

"아침이 오는 것이 그리 기쁜 일이 아니다"라는 문장으로 시작하는 황금찬 시인의 글에 마음이 아프긴 마찬가지였다. 황금찬 시인은 한창때에는 매일 아침 단편소설 한 편이나 시 20편씩을 읽었다고 술회했다. 좋은 책을 대할 때에는 울기도 했다고 했다. 그러나 "흔하던 눈물도 다 눈을 감고 뜨지 않"는다고 애석해했다.

김남조 시인은 병으로 19일간 입원 치료를 받았고, 여름엔

골절상으로 인해 참담한 나날을 보냈다고 근황을 소개하면서 노년에 이를수록 기력은 쇠하고, 감회는 깊어져 "날마다가 참으로 심각"하기에 삶을 더 소중히 여기며 살고자 한다고 썼다.

조용하고
슬픈 자세

작고한 이형기 시인이 생전에 쓴 시 〈나무〉를 읽는다. "나무는/ 실로 운명처럼/ 조용하고 슬픈 자세를 가졌다.// 홀로 내려가는 언덕길/ 그 아랫마을에 등불이 켜이듯// 그런 자세로/ 평생을 산다.// 철따라 바람이 불고 가는/ 소란한 마을길 위에// 스스로 펴는/ 그 폭 넓은 그늘……// 나무는/ 제자리에 선 채로 흘러가는/ 천 년의 강물이다."

우리의 일상과 아주 가까운 거리에 있는 존재들이 많다. 그 가운데 하나가 바로 '나무'가 아닐까 한다. 나무는 새잎이 돋고, 신록이 상방으로 번지고, 푸른 그늘을 하방에 펼치고, 여러 색채로 세상을 곱게 단장하고, 그 모든 잎을 차차 떨구어 나목이 된다. 이 운행은, 이 나무의 삶은 한결같이 변함이 없다. 나무의 외양이 계절마다 바뀌지만 나무의 내적인 성품은 일상일하 上 下하지 않는다. 우물 속 두레박이나 대양 속 파도처럼 오르락내리락하지 않는다.

나무의 성품은 고요하고 견고하고 동요가 없다. 육중한 바위처럼. 무너지지 않는 산처럼. 그런 마음으로 그런 자세로 평생을 산다. "조용하고 슬픈 자세"란 이것을 두고 한 말일 것이다. 세속과 세사는 소란하기 그지없지만 나무는 그것에 상관하지 않는다. 그래서 외롭다. 그러나 외로운 가운데서도 나무는 조용하다. 외로운 시간을 나무는 두려워하지 않기 때문이다. 이것이 나무의 미덕이다. 아무도 없는 곳에서도 악함이 생겨나지 않고, 잘못되는 것 또한 없다. 이 시에서처럼 나무는 고독 속에서도 스스로를 지켜내고 포용력을 갖추었으며 게다가 의연하다. 천년만년 흘러가는 것을 그치지 않는 강물처럼 일관하여 살 뿐이다.

한 시인이 나무에 대해 노래한 대목을 언젠가 적어둔 적이 있다. 시의 제목은 생각나지 않지만, 메모에는 이런 시구가 적혀 있었다. "나무를 안으니 내 몸속에 수액이 흐른다. (…) 잎이 무성하니 갈 길 바쁜 바람도 쉬었다 간다. 나무가 시원하니 나도 시원하고 나무에 힘이 솟으니 내 몸속 피도 잘 돌아"

겨울이 깊어지면서 나목을 바라보는 시간을 즐기고 있다. 이 일 저 일을 하다가 문득 고개를 돌려 한 그루 나목을 바라보았던 것인데, 그 후로 문득문득 나목을 바라보았다. 그 시간은 내게 아주 조용한 때였다. 마치 잠깐 숨을 고를 때처럼.

그 어떤 글씨도 없는 백지의 시간처럼.

나목은 군더더기가 없다. 나목은 깔끔하다. 나목은 말의 수효를 줄였다. 나목은 변명이 없다. 나목은 밋밋해도 자꾸 눈이 간다. 나목은 맑고 시원한 샘물을 떠놓은 그릇 같다. 나목은 담백하다. 나목은 고요하되 자유로워져 있다. 나목은 스스로를 잘 조절한다. 나목은 스스로의 욕망과 감각을 정복했다. 나목은 난야에 사는 수행자 같다. 나목은 화려한 것을 버렸고, 욕심이 적고, 말과 글자의 수식修飾을 즐기지 않는다. 나목은 침묵에 집중한다.

나목을 바라보는 시간을 겨울에 가져볼 일이다. 우리가 행한 모든 행위는 사라지지 않고 마음의 심층에 남아 있다고 한다. 그리고 그것은 새로운 행동을 하려 할 때 제약을 가한다고 한다. 그것을 마음에 남은 '습기'라고 한다. 그리고 그 습기를 주축으로 해서 온갖 것이 생겨난다고 한다. 나목을 바라보고 있으면 마음의 저 깊은 곳에 남아 있던 습기들이 사라지는 것 같다. 습기가 마르는 것 같다. 그래서 점점 자유로워진다. 후련해진다.

5부

가만히 내 마음 옆에 서서

묵은 순 자리에
새순 돋듯이

지난해 내가 내 마음속에 세운 삶의 지표는 "고요히 앉아 있는 곳에서는 차를 반쯤 우려냈을 때의 첫 향기 같고, 오묘하게 움직일 때는 물 흐르고 꽃 피듯이 하네"라는 말씀이었다. 이 말씀은 멈춰 있을 때와 동작할 때 그 마음과 몸을 어떻게 사용하고 유지해야 하는지를 가르치고 있다. 아마도 깨끗한 곳에 앉아 담담하게 사유하고, 마치 늦가을의 풀이 더 자라나는 것을 바라지 않듯이 욕망의 격렬함을 버리고, 맞춰 따르라는 제언일 것이다. 그러나 지난해를 돌아보니 잘된 때도 있지만 그 횟수가 적고, 수월하지 않은 때의 횟수가 훨씬 많았다.

올해는 두 개의 문장을 마음속에 펼쳐놓고 따르려고 하고 있다. 첫 번째는 신동엽 시인의 시 〈너에게〉라는 시다. 그중에서 "묵은 순 터/ 새순 돋듯"이라는 시구를 마음에 담아두었다. 싹과 움과 순이 트는 곳은 새 생명의 발원지일 것이다. 다시 살아남과 광명과 여림과 푸릇푸릇한 의욕과 역동과 환희의 발생지일 것이다. 올 한 해는 묵은 순이 튼 자리에 돋아난 새순 같은 마음으로 살아도 좋겠다는 생각이다.

또 하나 펼쳐놓은 문장은 "자기를 바로 봅시다"이다. 이는 '가야산 호랑이'로 칭송을 받았던 성철 스님의 말씀이다. 성철 스님은 이와 더불어 "남모르게 남을 도웁시다" "남을 위해 기도합시다"라는 말씀도 남기셨는데, 이 말씀들은 하나같이 어렵지 않되 나의 가슴의 정곡을 찔러 양심에 거리끼어 볼 낯이 없고 또 떳떳하지 못하게 한다.

근년에는 성철 스님에 대한 평전이 발간되어 화제가 되었다. 물론 스님에 관한 책은 그동안 많이 출간되었다. 그러나 스님께서 1993년 11월 4일 "참선 잘하그래이"라는 당부를 남기고 열반하신 후로는 처음으로 발간된 평전이다. 오늘의 세속이 넝쿨처럼 어지럽고 혼탁한 때여서 청빈하게 살면서 계를 지켰던 성철 스님의 유훈이 어느 때보다 죽비소리처럼 뚜렷하게 들려오는 게 아닌가 싶다.

많은 사람은 아직도 "산은 산이요 물은 물이로다"라고 이르신 스님의 말씀을 기억할 것이다. 이 쩌렁쩌렁한 일성은 다음과 같은 말씀과 함께 있었다.

뚜렷한 깨달음 널리 비치니 고요함과 없어짐이 둘이 아니
니라

보이는 만물은 관음이요

들리는 소리는 묘음이라

보고 듣는 이것밖에 진리가 따로 없으니

아아 여기 모인 대중은 알겠는가

산은 산이요 물은 물이로다

성철 스님은 전 국민의 존경을 받았지만 당신 스스로에게는
매우 엄한 분이었다. 눕지 않고 좌선하는 장좌불와長坐不臥
를 8년 하셨고, 산문 바깥으로 나가지 않고 수행하는 동구불
출洞口不出을 10년 하셨다. 평생을 생식하고, 소식하고, 옷가지
두 벌로 사셨다. 스님께서 열반하시고 해인사가 공개한 스님
의 유품은 닳고 떨어져 여러 차례 깁고 기운 장삼과 검정 고무
신과 지팡이 등이었다.

"교도소에서 살아가는 거룩한 부처님들, 오늘은 당신네의
생일이니 축하합니다. 술집에서 웃음을 파는 부처님들, 오늘

은 당신네의 생일이니 축하합니다"라고 이르신 부처님 오신 날 스님의 법어는 많은 이들을 뭉클하게 했고 화제를 불러일으켰다. 죄의 유무나 지위의 높고 낮음과 무관하게 사람 그 자체는 존중되어야 하고 보호받아야 할 소중한 생명이라는 일갈이었다.

그리고 "자기를 바로 봅시다"라고 다음과 같이 이르신 법문이 또 있다. "자기를 바로 봅시다. 자기는 원래 구원되어 있습니다. 자기가 본래 부처입니다. 자기는 항상 행복과 영광에 넘쳐 있습니다. 극락과 천당은 꿈속에 잠꼬대입니다. 자기를 바로 봅시다. 자기는 시간과 공간을 초월하여 영원하고 무한합니다."

자기를 바로 본다는 것은 자신이 완전한 존재이고 반야와 대비大悲로 살아가는 존재라는 것을 확인하는 일일 것이다. 우리의 내면에 자비의 본성이 있다는 것을 확인하는 일일 것이다.

새해 연초에 성철 스님께서 이르신 "자기를 바로 봅시다"라는 말씀을 마음속에 펼쳐놓고 산처럼 무겁게 받아들인다.

성철 스님은 봉암사 결사에 참여하셨다. 성철 스님, 청담 스님, 자운 스님, 향곡 스님 등 30여 명의 스님들이 1947년 10월부터 2년 6개월 남짓 결행한 봉암사 결사는 한국 불교를 바로 세우는 역사적인 사건이기도 했다. 이 결사를 통해 스님들은 "부처님 법대로 살아보자"라고 천명했다.

성철 스님께서 주도해서 만든, 수행자들의 생활 약속 일곱 가지인 '공주규약共住規約'은 지금 읽어보아도 일깨우는 바가 크다. 가령 이러한 수칙들이 그러하다. "어떠한 사상과 제도를 막론하고 부처님과 조사의 가르침 이외의 각자의 사견은 절대 배척한다. 일상생활에 필요한 물품의 공급은 자주자치自主自治의 표지 아래에서 물 긷고, 땔나무 하고, 밭에서 씨 뿌리며 또 탁발하는 등 어떠한 어려운 일도 사양하지 않는다. 부처님께 공양을 올림은 12시를 지나지 않으며 아침은 죽으로 한다. 방안에서는 늘 면벽 좌선하고 서로 잡담을 엄금한다."

스님께서 이르신 "자기를 바로 봅시다"라는 가르침은 내 안의 부드러움과 온유와 생기와 기쁨과 이해와 사랑과 겸손함을 발견하라는 말씀이다. 맑음과 고요함과 안정을 회복하라는 것이다. 높고 낮음, 맑음과 탁함, 밝음과 어두움, 가벼움과 무거움 등을 구별하는 마음을 내려놓으라는 말씀이다.

흘러간 물은 돌아오지 않고, 꽃은 오래 피어 있기 어렵네

부처가 사왓티의 동쪽 승원 미가라 마뚜 강당에 있을 때의 일이다. 저녁 명상을 마친 부처는 석양 아래 앉아 있었다. 이 때 부처의 제자 아난다가 부처에게 와서 손과 발을 문질러 드리면서 말한다. "놀라운 일입니다. 안색이 맑지 않고 빛나지 않으며 사지는 주름지고 물렁해졌습니다. 등도 앞으로 굽고 감각 기관의 변화가 눈에 보입니다."

이에 부처가 아난다에게 말한다. "그렇다. 아난다여. 젊은 사람은 늙게 마련이고, 건강한 사람은 병들게 마련이고, 살아 있는 사람은 죽게 마련이다. 안색은 더이상 예전처럼 맑지 않고 빛나지 않는다. 나의 사지는 주름지고 물렁해졌고 등은 굽고 감각 기관의 변화가 눈에 보인다."

늙어가는 부처의 이 말은 참으로 솔직하고 구체적이다. 부처도 풍병을 자주 앓았다. 부처가 열반했을 때 많은 수행자들은 "세존께서는 너무나 빨리 열반에 드시는구나. 지혜의 눈이 너무 빨리 세상에서 사라지는구나!"라며 크게 탄식했다. 부처가 열반하자 많은 수행자들은 충격을 받았고, 슬픔에 압도되었고, 머리를 쥐어뜯으며 울었고, 팔을 내저으며 울었고, 뒹

굴면서 슬퍼했다고 한다. 부처의 마지막 말은 "모든 형성된 것은 무너지게 마련이다. 부지런히 정진하라"였다. 느낌과 지각과 형성과 의식은 무상하다는 것이었다.

죽음은 실로 모든 것을 부수어버린다. 그리고 생겨난 것은 모두 사라지고 만다. 명나라 4대 고승 가운데 한 분인 감산 스님은 이렇게 읊었다. "올해에도 돌이 허리에 떨어질 수 있다는 것을 생각해야 하리." 폭풍이 들이닥치듯 당장에라도 죽음이 들이닥칠 수 있으니 수행자들은 촌음을 다투었다. 허리 띠를 풀지 않았고, 자리에도 눕지 않았다. 저녁이 되면 하루가 헛되게 지나갔음을 뉘우쳐 눈물을 흘리며 울었다. 수마睡魔가 오면 송곳으로 제 몸을 찌르거나, 머리를 기둥에 부딪치며 수행을 했다. 깨달음은 멀고, 광음光陰은 흐르는 물처럼 신속하기 때문이었다.

사라지지 않는 것들이 어디 있을까. 인신人身, 꽃, 새, 풀벌레, 물고기는 반드시 사라진다. 큰 산은 낮은 구릉이 된다. 한 번 흘러간 물은 돌아오지 않는다. 꽃은 오래 피어 있기 어렵다. 새들은 벼랑을, 풀벌레는 한기寒氣를, 물고기는 쌓인 물을 무덤으로 삼는다. 허물어짐과 끝남이 있을 뿐이니 바닷가에 가서 해조음海潮音이나 들을 일이다.

눈 속에 붉은 복사꽃이
펄펄 날린다

고려 말 국사인 태고 보우 스님의 시를 읽는다.

사람 목숨이 텅 빈 물거품 같아
80여 년이 춘몽_{春夢} 속이었네
임종의 때에 가죽 포대를 벗으니
둥글고 붉은 해가 서쪽 봉우리에 진다

인생의 시간이 꽃 피고 꽃 지는 봄에 꾸는 꿈속처럼 허망
하지만 죽음의 때를 맞아 몸을 시원스레 벗어던지는 호방한
기상과 곧고 과단성 있는 성미가 단연 돋보이는 시다. 이런
시를 읽으면 보통의 우리들이 일상에서 이리저리 얽혀 고만
고만한 고민으로 사는 형편이 안타깝기만 하다.

게다가 만해 한용운 스님이 1917년 12월 3일 밤 10시경
에 "좌선을 하던 중에 갑자기 바람이 불어 무엇인가를 떨구
고 가는 소리를 듣고 의심하던 마음이 갑자기 풀렸다"면서
쓴 다음의 오도송을 읽으면 평범한 우리 마음이 평소 아침저
녁으로 얼마나 비좁은 영역에서 살고 있는지 절감하게 된다.

사나이 가는 곳마다 고향이거늘

몇 사람이나 나그네 시름 속에 오래 젖어 지냈나

한 소리 크게 질러 삼천세계 깨뜨리니

눈 속에도 붉은 복사꽃이 펄펄 날린다

이 시를 지었을 때 스님의 나이는 39세였고, 오세암에서 동안거를 하고 계셨다. 이 장쾌한 시에서 가르치고 있는 것처럼 자신의 본래면목을 잘 알지 못하면 이 세계는 하나의 여관에 불과하고, 이 세계에 사는 우리는 여관에 투숙하는 떠돌이 투숙객에 불과할 것이다. 그리고 그러한 그가 늘 마음에 지니게 되는 것은 객지에서 느끼는 쓸쓸함과 시름이 전부일 것이다. 반면에 마음의 용량이 들판처럼 너르고, 폭포수처럼 통쾌한 성품을 지니고 있다면 세상이 우리에게 안겨주는 고통쯤은 비교적 쉽게 넘어설 수 있을 것이다.

입석처럼 세워둔
작은 다짐들

누구나 마음에 새로운 각오를 세운다. 우리에게 서산 대사로 잘 알려진 청허당 휴정 스님은 시 〈답설야중거踏雪夜中去〉를 통해 "눈 덮인 들판을 걸어갈 때에는 함부로 걷지 말라. 오늘 내가 걸어간 발자국은 뒷사람의 이정표가 되리니"라고 가르쳤다. 내가 걸어간 것은 나의 족적으로 남기도 하지만 다른 사람에게도 영향을 끼치는 것이니 다른 사람이 받을 이익을 생각하면서 살 일이다.

나는 작은 소원을 마음속에 입석立石처럼 세워놓았다. 첫째는 많이 걸을 생각이다. 법정 스님도 당신의 건강을 유지하는 비결로 보행을 들면서, 많이 걸으라고 권유하신 적이 있다. 산길이나 들길, 혹은 해안을 따라 무심한 상태로 걸으려한다. 둘째는 먹는 음식의 양을 좀 줄일 생각이다. 부처는 먹는 것에 대해 말하면서 다섯 입이 모자라는 때에 먹는 것을 멈춰야 한다고 말한 적이 있다. 셋째는 명상을 할 생각이다. 명상을 하되 마음챙김 명상을 지속적으로 하려고 한다. 마음챙김 수행은 위빠사나 수행이라고도 일컫는데, 분명하게 통찰한다는 뜻이다.

당송 팔대가唐宋八大家 중 한 사람인 구양수는 세 곳, 즉 세 때에 있을 때 좋은 생각이 떠오른다고 했다. 베개 위에 머리를 올려놓고 잠자려 하는 그 잠자리, 말의 등에 올라탄 때, 화장실에서 볼일을 보려 앉은 때라고 했다. 이 세 곳의 때에는 생각이 확산된다고 했다. 특히 나는 잠들기 전에 수십 분 동안 명상 수행을 함으로써 몸과 마음을 유연하게 하고, 진정시키고, 그리하여 생기와 긍정심을 회복하려고 한다.

우리가 어떤 것을 자주자주 반복해서 생각하면 그것은 어느새 우리들 마음의 성향이 된다. 서양의 대표적인 수행자인 조셉 골드스타인은 마음챙김을 '마음 옆에 서는 것'이라고 말한다. 그리고 이것을 "마음속에 무엇이 일어나는지를 흘깃 보는 것이 아니라 정면으로 직면하여 보는 것"이라고 설명한다.

마음챙김은 내 마음에 무슨 생각이 일어나는지를 아는 것이다. 고통스럽거나 유익하지 않은 생각들이 일어나면 그러한 생각들이 일어나고 있음을 알아차리고 이를 물리치는 것이다. 마음챙김을 '마음의 보호자'라고 일컫는 이유도 여기에 있을 것이다.

마음챙김에서는 '걸을 때는 단지 걷기만 하라'고 가르친다. 순간순간에 집중해서 단지 현재에 살라는 것이다. 이것은 스스로를 복잡한 상태에서 단순한 상태로 만드는 일이기도 하다. 이것은 또한 스스로 고요함을 얻는 일이기도 하다. 조셉 골드스타인은 금욕의 마음챙김을 통해 마음을 정화할 수 있다고 말하면서, 금욕적인 수행은 "번잡함과 어수선함과 세속의 욕망을 버려 맑음과 순수함, 단순함, 만족을 얻는 것"이라고 지적한다.

무엇보다 많이 걷고, 덜 먹고, 단조롭게 간소하게, 욕심을 반절 접고 다른 사람과 공감하면서 살았으면 한다.

모래 만다라

얼마 전 '만다라'에 대해 살펴볼 기회가 있었다. 고대의 인도어로 '원圓'을 일컫는 만다라는 성스러움, 완전함 등을 의미하는 상징물로서 티베트 불교 수행의 하나이기도 했다. 요즘은 이 만다라가 치료에 응용되고 있다고 한다. 만다라 손뜨개나 컬러링북의 소재로 이용되고 있는 것인데, 예를 들면 컬러링북으로 만다라를 채색하는 경험을 통해 많은 사람은 균형과 안정감을 얻게 된다고 한다. 만다라 도안에 색을 입히면서 지금의 이 순간에 집중하고 몰입함으로써 명상의 효과도 동시에 누릴 수 있다고 한다. 만다라의 교육적인 활용은 그것을 완성하기 위한 과정의 활용이라는 생각이 들었다.

티베트 스님들은 모래 만다라를 만드는 것을 통해서 수행을 한다. 색깔이 있는 고운 모래로 그림을 그린다. 모래 만다라를 만드는 동안에는 고도로 집중을 해야 하는데, 대개 모래 만다라를 만드는 데에 걸리는 시간은 7일 정도 된다. 모래 만다라를 만드는 과정이 곧 수행의 과정이 되는 것인데, 모래 만다라가 다 만들어지면 기도를 한 후 곧바로 완성된 모래 만다라를 지워버리고 해체한다. 완성 상태에 대한 집착 또한 함께 버리는 것이다.

　우리도 우리가 맞았던 일들의 그 모든 진행을 돌아보는 것이 필요하지 않을까 생각한다. 그 일은 만났던 사람, 새롭게 일어난 일, 내가 가졌던 감정과 느낌을 펼쳐보는 것이기도 하다.

마음아,
천천히 천천히 가자

한 해가 저물어갈 때는 거대한 하나의 물결이 몰려와 비로소 기슭에 이르러 물의 높이를 낮추는 것만 같다. 거대한 하나의 햇불이 타오르다 이제 그 불길이 가만가만히 사그라지는 것만 같다. 봄의 연둣빛 생기와 여름의 불볕과도 같은 활력과 가을 열매들의 무르익음을 우리는 지나왔다. 우리는 한 해를 살면서 우리 삶의 하나의 건축을 완성했다. 우리는 한 해를 살면서 우리 삶의 하나의 꽃을 피웠다. 그리고 우리는 한 해의 삶을 통해서 우리 삶의 완성을 위해 한 걸음 더 나아갔다.

《치문경훈》이라는 책에 이런 구절이 있다. "산에 오르면 그 높음을 배우고, 물에 이르면 그 맑음을 배우고, 돌에 앉으면 그 견고함을 배우고, 소나무를 보면 그 정절을 배우고, 달을 대하면 그 밝음을 배우듯, 세상 모든 것을 스승으로 삼으라." 이 글은 〈면학〉이라는 글인데, 산과 물과 돌과 소나무와 달 뿐만 아니라 누구든지 무엇이든지 우리의 스승이 될 수 있다는 것이다. 우리가 한 해를 살면서 만났던, 눈길을 주고받았던, 느낌과 생각을 주고받아 크게 깊게 공감했던, 그리하여 서로에서 영향을 주었던 모든 것이 우리의 스승이었으며 그

로 인해 우리는 한 계단 더 정신적으로 육체적으로 성장한 것이다.

《카비르의 노래》라는 책을 읽고 있다. 카비르는 15세기에 북인도에서 살았고, 자기를 '람의 아들'이라고 불렀고, 유명한 힌두 구루 라마난다의 제자인 인물이다. 이 책은 우리가 자기 자신을 어떻게 신뢰하고 살아가야 하는지, 역경을 어떻게 넘어서야 하는지, 어떻게 삶에 집중하며 살아가야 하는지를 알려준다.

오, 마음아, 마음아, 제발 천천히, 천천히 가자. 모든 일이 제 속도로 벌어진다. 정원사가 수백 통 물을 길어 붓지만 열매는 제때가 되어야 맺히느니.

그는 진정 행복한 사람은 자신의 마음을 다스리는 사람이라고 말한다. 또한 욕심 내지 않고 하나에 집중하면 모든 것이 이루어지나, 모든 것에 욕심을 내면 자신이 가진 하나마저도 잃는다고도 했다. 우리가 자기 자신을 어떻게 신뢰하고 살아가야 하는지를 알려주고, 역경을 어떻게 넘어서야 하는지를 알려주고, 어떻게 삶에 집중하며 살아가야 하는지를 알려주는 말들이다. 한 해가 갈 때 우리에겐 물론 많은 아쉬움도 남겠지만, 카비르의 말에 따르면 우리는 한 해를 살아서 우리 삶의 뿌리에 한 통의 물을 부어주었으므로, 우리 삶의 뿌리가 튼튼히 자랄 수 있도록 도왔다는 것 자체에 무엇보다 감사해야 할 일이다.

자비와 차분함과
통찰력

　티베트 불교의 최고 지도자인 달라이 라마의 글을 최근에 읽었다. 달라이 라마는 노벨평화상을 수상했고, 평화운동가로도 활동하고 있다. 그는 전쟁으로 인해 무고한 이들이 끊임없이 죽어나가지만, 그보다 더욱 위험한 것은 "자비의 부재"라고 강조한다. 우리의 마음 안에 증오의 감정이 존재하는 한 진정한 평화는 불가능하다는 것이다.

　달라이 라마는 우리 모두가 공통적인 요소들로 이뤄져 있다고 강조한다. 그리고 그 공통적인 요소를 자비와 차분함 그리고 통찰력이라고 부른다. 자비는 다정함이라고 말할 수 있고, 또 연민과 사랑, 동감이라고 부를 수도 있을 것이다.

　달라이 라마는 세계 곳곳을 누비며 수많은 이들과 만날 때 그 어떤 장벽도 느끼지 않았다고 말한다. 그 이유인즉 자신은 모든 이들이 행복을 원하고, 괴로움을 바라지 않는 하나의 존재라는 생각으로 수십 년간 마음을 단련해왔다는 것이다.

　자비와 사랑과 연민 그리고 증오심을 없애는 것이 중요한 이유는 이러한 마음의 힘이 길러졌을 때에 다른 사람과의 소통이 가능하고, 이해가 완성되기 때문이다. 우리는 서로 관계하기 때문에 소통이 필요하다. 언어학자들은 인간 이외에 그림을 그릴 줄 아는 동물은 없다고 말하면서도 인류는 언어로 소통했기 때문에 살아남았다고 분석한다. 그래서 언어학자들은 언어를 사용해 서로 소통하되 우리가 사용하는 그 언어들이 진실과 선함, 아름다움의 가치를 표현하도록 해야 한다고 강조한다.

일 없음이
오히려 할 일

일 없는 가운데 할 일이 있으니
문고리 걸고 낮잠을 자네.
어린 새가 나 홀로인 줄 알고
그림자 그림자 지면서 창 앞을 지나가네.

이 시는 경허 스님의 선시다. 최인호 작가는 '무사유성사無
事猶成事, 일 없음이 오히려 할 일이다'라는 시구에 크게 감화
를 받아서 장편소설《길 없는 길》을 썼다는 일화도 있다.

구별하고 비교해 근심을 만들며 사는 게 보통 사람들의 삶
일 것이다. 그러한 마음의 애씀을 버리면 한가하고 평화로운
마음을 얻는다고 경허 스님은 시를 통해 가르치고 있다.

이 말씀은 달라이 라마의 가르침과 맥락이 통한다. 달라이
라마는《달라이 라마, 명상을 말하다》라는 책에서 "과거에 무
슨 일이 있었는지, 앞으로 어떤 일이 일어날 것인지 생각하지
마라. 분별하는 마음을 내지 말고 마음이 그 자신의 흐름대로
가도록 놓아줘라. 마음의 '빛나는 명료함'이라는 본질을 관찰
하라. 그 마음의 본질을 인식하며 머물러라"라고 썼다.

객지로의
여행

혜초 스님의 시를 읽었다. 시 〈여수旅愁〉였다. 여행자가 길을 떠나 객지에서 느끼게 되는 쓸쓸함과 시름을 표현한 시였다. "달 밝은 밤에 고향길을 바라보니/ 뜬 구름은 너울너울 돌아가네/ 그 편에 감히 편지 한 장 부쳐 보지만/ 바람이 거세어 화답이 안 들리는구나/ 내 나라는 하늘가 북쪽에 있고/ 남의 나라는 땅끝 서쪽에 있네/ 일남日南에는 기러기마저 없으니/ 누가 소식 전하러 계림鷄林으로 날아가리"

인생을 여행에 비유하는 경우가 많다. 떠나온 곳과 도달할 곳 사이에 있는 것이 여행의 행로다. 그러므로 인생에 객수客愁가 없을 리 없다. 구법의 여행을 떠났던 혜초 스님도 그런 감정을 잠시 느끼셨던 모양이다. 마치 헤세가 "나의 방랑이 끝난 북쪽 나라에 인사를 하며 모자를 흔든다. 뜨거운 생각이 가슴속을 지나간다. 아, 나의 고향은 아무 데도 없구나"라고 썼던 것처럼.

하루에도 시작과 끝이 있고, 계절에도 시작과 끝이 있고, 한 해에도 시작과 끝이 있다. 어디 그뿐인가. 하나의 사건에도 시작과 끝이 있다. 그리고 하나의 시간과 사건의 끝은 새로운 시작과 연결되어 있다. 하루의 끝은 새로운 하루가 동터 오는 아침과 연결되어 있다. 가을이라는 계절의 끝은 나목과 한천寒天의 겨울과 연결되어 있다. 한 해의 끝은 새로운 해의 일출日出과 연결되어 있다. 옛 시간은 새로운 시간으로 넘어 간다. 난초에서 새로운 촉이 돋듯이. 끝없는 객지로의 여행일 뿐이다.

베풂의
이익

《잡아함경》에 이런 말씀이 있다. "동산에 과일나무를 심어라. 나무에는 그늘이 많고 시원해서 여러 사람들이 쉬어갈 수 있다. 다리를 놓거나 배를 만들어서 강을 건너가게 하고, 배고픈 사람들에게 먹을 것을 나누어라. 이런 것은 복을 짓는 좋은 일이다. 이렇게 하면 그 공덕은 밤낮으로 자라고 재산도 늘어날 것이다." 이 가르침은 보시에 관한 것이다. 보시의 내용이 세세한 세목들이고, 지금의 시대에는 그리 대단한 일이 아니다. 그러나 이 말씀은 다른 사람의 이익을 위해 내가 직접 나서야 한다고 가르치고 있다는 데에 그 의미가 있다.

경전에서는 보시를 행해야 한다는 당위뿐만 아니라 보시를 하는 이의 마음가짐에 대해서도 중요하게 다루고 있다. 가령 배가 주린 사람에게 먹을 것을 나누어주라고 말하면서도 이렇게 우리들을 설득한다. 만약 우리가 가난한 사람을 만나지 못했다면 자비의 마음이 생겨날 기회가 없었을 것이고, 자비의 마음이 생겨나지 않았다면 보시를 할 마음도 일어나지 않았을 것이라는 것이다. 먹을 것과 수레, 옷, 침구, 등불 등을 보시할 기회조차 없게 된다는 것이다. 이 말씀인

즉 보시를 행하게 하는 그 인연에 감사한 마음을 앞서 가지라는 것이다. 동시에 보시를 하면서 상相에 집착함이 없도록 하라는 것이다.

경전에 등장하는 보시의 내용은 매우 다양하다. 그리고 그 보시의 내용에 따라 과보도 달라진다고 설하고 있다. 경전을 보시하면 큰 지혜를 과보로 받게 되고, 환자를 위해 약을 보시하면 편안함을 얻어 공포를 떠나게 되고, 등불을 보시하면 눈이 밝아지고, 음악을 보시하면 음성이 아름다워지고, 침구를 보시하면 즐겁게 자게 되고, 밭을 보시하면 창고가 가득해진다고 설하고 있다. 요즘엔 연탄과 김치를 나누는 사람들이 많고, 자신의 재능을 대가나 보수 없이 나누거나 생명을 나누는 사람들이 많다. 또한 자신이 하는 생업으로부터 얻은 수확을 보시물로 내놓는 경우도 많다. 농사를 짓는 사람이 쌀과 고구마를 기탁하고, 양계업을 하는 사람이 계란을 기탁하는 경우들이다. 나누고 베푸는 일은 나를 먼저 즐겁게 하는 일이다. 나 스스로에게 이익이 생기는 일이다.

마음은
어떻게 쉬는가

요즘 많은 사람이 참선에 대해 큰 관심을 갖고 있는 듯하다. 무문관無門關 수행 얘기도 종종 듣게 된다. 무문관은 스님들이 독방에서 문을 걸어 잠근 채 간단한 공양만 받으면서 수행에 용맹정진하는 것으로 불교의 수행 가운데서도 매우 혹독한 수행이다.

나는 백담사 무금선원 무문관을 한차례 방문한 적이 있는데, 작은 배식구가 하나 있고 문을 자물쇠로 꽉 잠근 그 외관을 보는 것만으로도 모골이 송연한 적이 있다. 스님들은 세 평 독방에서 철저히 혼자 지내며 수행한다고 했다.

무산 오현 스님께서 어느 해인가 백담사 무문관에서의 안거를 마치고 나오는 소회를, 선정삼매禪定三昧로부터 나오는 심경을 읊은 〈출정出定〉이라는 시는 요즘도 떠올리게 된다. "경칩, 개구리/ 그 한 마리가 그 울음으로// 방안에 들앉아 있는/ 나를 불러쌓더니// 산과 들/ 얼붙은 푸나무들/ 어혈 다 풀었다 한다."

장쾌하게 깨달음의 경지를 일갈한 시다. 좌선을 마치고 일어나는 순간에 돌연하게 그 웅대한 우주가 맺힌 것을 풀고

바람이 불면 바람이 부는 나무가 되지요

원활하게 거침이 없이 시원하게 흐르고 운행됨을 경험하셨을 것이다.

무문관 수행 프로그램 참여 대상의 폭이 일반인에게로도 넓혀지는 분위기다. 원래 무문관으로 들어가는 것은 깨달음을 얻지 못하면 문 바깥으로 나오지 않겠다는 뜻이니 수행의 결기가 서슬 퍼런 칼날과도 같을 정도다. 죽음을 각오한 수행이라고 할 수 있다. 도봉산 천축사의 무문관이 우리나라 현대 무문관의 효시라고 할 수 있고, 그 명맥을 백담사 무금선원 무문관이나 제주 남국선원 무문관 등이 잇고 있다.

그런데 중요한 것은 자물쇠를 채운 독방에 자신을 결연하게 가둔다는 그 자체가 아니라 자신을 돌아보려는 일반인들의 욕구가 여러 형태의 수행 참여로 점차 실현되고 있다는 것이 아닐까 한다. 아주 탁한 상태에 이른 몸과 마음을 더는 두고 볼 수 없어서 맑게 회복시키려 이처럼 나서는 이들이 많아지고 있다는 사실이 아닐까 한다. 아닌 게 아니라 내가 나를 돌아보아도 나는 너무나 많은 약속에 매여 있고, 거친 말을 불처럼 내뱉고, 흙더미와도 같은 무언가에 밀리고 짓눌려 있으며, 무기력하고, 걱정은 산처럼 쌓여 있는 형편이다. 실로 친친 묶인 사람이 된 것이다.

　내가 자주 읽는 선시가 하나 있는데 청허 선사가 지은 것이다.

　　한없이 솟아나는 산 아래 샘물
　　이 산에 사는 스님 모두 마시네
　　모두 다 바가지 하나씩 들고 와
　　저마다 둥근달을 건져가누나.

　이 시는 마음 닦음의 경지를 잘 보여준다. 마음을 닦는 스님들은 청량한 샘물을 마실 뿐만 아니라, 자신의 몫만큼 샘물을 떠서 갈 뿐만 아니라, 환한 달도 하나씩 건져서 간다. 이때의 둥근달은 원만하고 환한 마음의 상태를 빗댄 것이다. 나의 마음이 이와 같다면 얼마나 좋을까 생각한다. 그리고 여러 형태로 진행되고 있는 수행 프로그램에 참여하는 이들이 결국 찾으려는 것이 이 원만한 보름달과 같은 자신의 본래 모습,

본래 면목이 아닐까 생각해본다.

참선 수행에서는 자신의 지식과 선입관과 생각을 내려놓고 마음을 쉬게 하면 자신의 본래 면목이 자연스럽게 드러난다고 가르친다. 일시에 생각을 내려놓고 아무것도 헤아리지 말라고 가르친다. 극도로 피로한 세상을 살고 있기 때문에 우리에겐 잠시 잠깐 동안이라도 자신을 텅 비운 상태로 두는 것이 정말이지 필요하다. 마조 스님은 "도道는 닦을 것이 없고 다만 오염되지만 않으면 된다"라고 하셨지만, 그와 같은 경지에 이르는 첫걸음은 일터에서든 집에서든 시비분별을 버리고 생각을 쉬는 것이 아닐까 한다.

금강 스님도 책《물 흐르고 꽃은 피네》에서 마음을 쉰다는 것은 "순수한 본래 마음 상태로 회복하는 것"이라고 말한다. 스님은 걱정이 없는 마음의 상태를 만드는 것, 그것이 바로 마음을 쉬게 하는 일이라고 말한다.

무문관에 입방하지 않더라도 내 지금 있는 이 순간에 스스로 홀로 앉아 있어볼 일이다. 내가 곧 독방거처獨房居處가 될 것이다.

《법구경》에 이런 말씀이 있다. "네 감각들을 정복해라. 네
가 맛보는 것, 냄새 맡는 것, 네가 보는 것 그리고 듣는 것을
정복하라. 모든 것의 주인이 되어라. 네가 행하고 말하고 생
각하는 것에서 자유로워져라. 해방되어라. 너는 고요한가? 네
몸을 고요하게 하라. 네 마음을 고요하게 하라. 스스로 노력
하여 너 자신을 일깨우고 너 자신을 성찰하고 기쁘게 살아라.
진실의 길을 좇아라. 그것을 내려다보고 네 것으로 삼아라.
그 길을 몸으로 살아라. 언제나 너를 받쳐줄 것이다."

인용한 이 말씀은 흔들리지 않는 마음을 강조한다. 흔들리
지 않는 마음은 어떤 것인가. 입과 코와 눈과 귀가 바깥에 나
가서 구걸해 얻어오는 것에 크게 휘둘리지 않는 것이다. 입과
코와 눈과 귀는 서로 다른 방향으로 우리를 데려가려 한다.
뛰는 럭비공처럼. 물론 이 감각 기관들이 얻어오는 것들은 탐
나는 것들이다. 달콤하고 자극적인 것들이다. 그러나 그것은
소금물과 같다. 마실수록 갈증을 유발하는.

그러나 마음이 동요하지 않으면 높은 파도를 뚫고 큰 바다
로 나아가는 기선汽船처럼 살아갈 수 있다.

일터에서 떨어진 곳에서
식사를 하라

최근에 한 권의 책을 읽다 "미니멀리즘의 원형이 바로 붓다이다"라는 문장을 발견했다. 그 저자의 얘기는 이러하다. 삶의 속도를 늦추고 소유를 줄이고 단순화하고, 낭비를 줄이되 필요한 것에 집중하는 것이 미니멀리즘의 실천인데, 이 일을 가장 선도적으로 한 분이 바로 부처라는 설명이었다.

책을 읽는 동안 가장 관심을 끌었던 것은 '붓다식式 미니멀리스트의 식습관'에 관한 대목이었다. 솔깃한 제안들을 소개하자면 산지에서 직송된 야채나 과일, 갓 짠 기름, 방금 만든 샐러드 등이 좋은 음식이라는 것, 견과류를 즐겨 먹고 물을 많이 마시라는 것, 긴장을 풀고 천천히 씹으면서 음식 재료 하나하나의 본래의 맛을 음미하라는 것, 식사를 할 때는 일터에서 가능한 한 멀리 떨어진 장소에서 하라는 것 등이다.

이러한 제안들은 대체로 한두 번 들어본 것들이지만, 일터에서 좀 떨어진 곳에서 식사를 하라는 권유는 좀 의아했고 또 생소했다. 그런데 여러모로 곰곰이 생각해보니 제법 그럴듯했다. 스트레스를 받으면서 허겁지겁 음식을 먹지 말라는 얘기였다. 일터에서 떨어진 곳에서 먹으라는 얘기는 물리적으로 이격된 곳에서 식사를 하라는 뜻이라기보다는 식사를 하는 동안만이라도 일터의 업무로부터 심리적으로 사이를 벌려놓으라는 것으로 이해되었다.

　일본의 사찰음식을 '쇼진요리精進料理'라고 부르는데, 기본적으로 눈과 코와 입이 달린 식재료를 쓰지 않는다. 고기와 생선을 식재료로 사용하지 않는다.

　마스노 슌묘가 쓴 책을 읽었다. 마스노 슌묘가 소개한, 선종 스님이라면 누구나 경험한다는 운수 수행 시절의 식단은 흥미로웠다. 아침에는 깨소금을 살짝 뿌린 죽과 고수 나물을 조금 먹는다. 점심은 밥과 된장국 그리고 고수 나물을 조금 먹을 뿐 그 외의 반찬은 없다. 저녁은 점심과 똑같지만 별채가 한 가지 더 추가되는데 간모도키 조림 두 조각 혹은 당근이나 삶은 무 두 조각을 더 먹는다. 간모도키는 두부 속에 다진 채소나 다시마 등을 넣어 기름에 튀긴 것이다. 아주 적은 양의 음식을 섭취하는 셈이다.

　운수 수행은 1년을 하는 사람이 있고 5년, 10년 동안 하는 사람도 있다고 한다. 음식을 준비할 때는 식재료를 낭비하지 않아서 만약 무를 먹는다면 무의 몸통뿐만 아니라 껍질, 꼬리, 이파리까지 남김없이 사용한다. 식재료의 경우에도 가격을 기준으로 해서 식재료를 취급해서는 안 된다. 비싼 식재료니까 정성을 더 보태고 싼 식재료니까 마구 아무렇게나 써버린다든지 그렇게 하지 않는 것이다.

일본의 사찰음식에 대해 읽다 보니 우리나라 사찰에서 스님들이 음식을 드시기 전에 읊는 '오관게五觀偈'가 생각났다. 오관게는 이렇게 읊는다.

이 음식이 어디서 왔는가.

내 덕행으로 받기가 부끄럽네.

마음의 온갖 욕심을 버리고 육신을 지탱하는 약으로 알아,

도道를 이루고자 이 음식을 받는다.

사찰음식은 깨달음을 위한 것이며 동시에 스스로 마음을 다스리기 위한 음식이니 한마디로 선식禪食으로 생각하는 것이다.

우리나라 사찰음식에 대한 대중들의 관심을 이끌어낸 분이라면 단연 선재 스님을 손꼽을 수 있다. 최근 스님을 두어 차례 뵐 기회가 있었다. 스님의 말씀 가운데 "스님과 김치와

장은 익을수록 약이 된다" "욕심내서 먹지 말라. 육식을 않으면 평화로운 마음이 생겨난다" 등의 말씀이 생각난다.

스님은 근년에 펴낸 책에서 흙에 뿌리내리고 자란 곡식이나 자연의 바람을 맞으며 자란 열매, 바닷속에서 자란 해초 등 우리에게 필요한 영양소나 음식은 모두 자연에 있다고 썼다.

식탁에서 계절감이 사라질 정도로 식재료가 넘쳐나는 시대다. 봄나물을 사철 내내 살 수 있다. 식재료의 유통에는 국경이 없다. 폭식의 시대이고, 버려지는 음식 또한 많은 시대에 살고 있다.

우리의 생명이 다른 생명과 연결되어 있고, 셀 수 없을 정도로 많은 것들을 긴밀하게 주고받으면서 살아가고 있다고 생각한다면 매일매일 매끼의 음식에 대한 생각, 식사법에 대한 생각이 좀 달라지지 않을까도 싶다. 평소에 우리가 먹는 음식이 우리의 몸과 마음을 만든다는 사실만큼은 분명하기 때문이다.

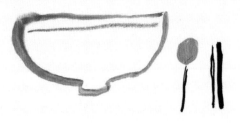

성철 스님의
식사법

성철 스님을 오랜 세월 시봉한 원택 스님이 직접 쓴 책《성철스님 시봉이야기》를 읽었다. 이 책은 읽을 때마다 가슴을 뭉클하게 한다. 출가한 수행자라고 하더라도 한 스승을 가까운 곁에서 여일하게 모시는 일은 쉬운 일이 아니다.

성철 스님이 평소 드시는 식단은 믿을 수 없을 만큼 간소했다. 반찬은 쑥갓 대여섯 줄기, 얇게 썬 당근 다섯 조각, 그리고 한 숟가락 반 분량의 검은콩자반이 전부다. 국은 감자와 당근만을 채썰어 끓였고, 밥은 꼭 어린아이 밥공기에 담았다. 아침 공양은 그마저도 밥이 아닌 흰죽 반 그릇만을 드셨다고 한다.

이 책에서 원택 스님이 밝힌 성철 스님의 풍모는 빈틈이 없는 분으로 되어 있다. 성철 스님은 새벽 3시 전에 일어나 꼭 백팔배 예불을 올리셨고, 하루도 빠짐없이 냉수마찰을 하셨다. 환갑이 지나면서 꽃과 나무도 좋아하셨다. 흰 모란을 좋아하셨고, 말년에는 장미도 좋아하셨다. 흰꽃 등나무와 오죽도 성철 스님께서 좋아하시던 꽃과 나무였다.

성철 스님의 몸에 밴 근검절약을 소개하는 일화 또한 큰 감동을 주었다. 스님은 전구에 양말 뒤꿈치를 씌워 구멍난 양말을 손수 기워 신으셨고, 때로는 평생 입고 다니던 누더기를 펼쳐놓고 꿰매기도 하셨다. 또한 향불을 지필 때 사용하는 사각 성냥통의 성냥알이 떨어지면 새것을 사다 쓰는 것이 아니라 성냥알만 사오라 이르셨다. 그 성냥통이 윤이 날 정도로 닳아 더이상 불이 붙지 않을 때까지 쓰셨다.

성철 스님은 식물의 잎과 줄기, 열매를 섭취하되 그 수량에 제한을 두었고, 포만감이 들지 않도록 했다. 이러한 공양으로 과연 몸을 유지할 수 있으셨을까 싶을 정도다. 한끼 식사를 수행을 위한 약으로만 삼았고, 몸을 가까스로 지탱할 정도로만 취하신 것이다. 식탐을 도둑으로 여겼던 것이다. 식탐은 게으름을 부르기에 그 유혹을 조심하신 것이다. 재물과 색욕과 식탐과 명예욕과 같은 불을 끄려고 한 수행자의 절제가 놀라울 뿐이다. 빈틈이 없는 그 위의가 대단하다고 하겠다.

평소에 성철 스님은 "참선 잘해서 마음 깨치는 것이 근본이지, 다른 것은 아무 소용이 없다"라고 이르셨다고 한다. "성한 살에 상처를 내 소금을 뿌리는 격"으로 성격이 급하고 격

했지만, 의리를 더불어 강조하셨다고 한다. 세수나 몸을 씻을 때는 비누를 사용하지 않으셨고, 또 아이를 제일로 좋아할 정도로 순수하셨다고 한다.

"시줏물은 독화살인 듯 피하고, 부귀와 영화는 원수 보듯 경계하라"고 거듭거듭 말씀하셨다고 하니 네댓 숟가락 양의 쌀로 죽을 쑤어서 궁기를 해소한 스님의 생활은 거대하고 푸짐한 우리 세속의 식단과는 크게 차이가 있었던 것이다.

금강산
마하연

금강산의 4대 사찰로는 장안사, 표훈사, 신계사, 유점사가 손꼽힌다. 나는 이 가운데 내금강 유점사의 말사본사에 소속된 작은 절인 마하연의 모습을 본 적이 있다. 1912년에 찍은 사진 한 컷을 인터넷을 통해 보았고, 1920년대 후반에 동산 스님이 마하연에서 정진할 당시의 사진을 본 적도 있다. 그리고 2007년 조계종 스님들이 마하연 선원이 있던 터의 폐허에 앉아 참선에 든 사진을 뉴스 기사와 함께 본 적도 있다. 마하연은 의상 대사가 창건했고, 보우 선사가 출가했고, 나옹 선사가 머물렀던 금강산 최대의 참선 도량이었다. 장안사에서 10리를 오르면 표훈사가 있고 좀더 올라가면 마하연이 있는데, 한때 승방 53개를 갖췄었다니 그 위용이 대단했을 것이다. 한국 불교의 대표적인 고승인 만공 스님을 비롯해 청담 스님, 성철 스님, 자운 스님이 수행했다. 특히 북한의 으뜸 수행처인 마하연에서 성철 스님이 수행하던 때의 일화도 전해져온다.

성철 스님이 금강산 마하연을 찾은 때는 1939년이었다. 세속 나이로는 스물여덟 때였다. 겨울 동안거를 위해 금강산 마하연 선원을 찾았다. 그리고 도반인 자운 스님을 마하연에서 만났다. 한문을 잘 알고 있었던 성철 스님은 마하연에서 수행하는 동안 많은 사람으로부터 초서로 쓴 편지를 대독하고 답장을 대필해달라는 요청을 받았고 그렇게 정성껏 해주었다고 한다.

그런데 공부가 방해받는다는 이유로 속가와의 절연을 평소에 강조했던 스님을 몹시 당황하게 하는 일이 일어났다. 1940년 봄에 성철 스님의 속가 어머니께서 스님을 만나러 금강산을 찾았던 것이다. 산청에서부터 진주, 부산, 서울을 거쳐 찾아온 것이었다. 사흘이 걸리는 멀고 먼 길이었다. 스님은 속가 어머니를 뵙는 것을 거부했고, 마하연 선원에서는 토론이 벌어졌다. 산청에서부터 그 험한 길을 온 속가 어머니를 만나주지 않고 재회를 단호하게 거부하는 것이 적절한가에 대한 토론이었다. 마하연에서 수행하던 스님들은 토론 끝에 성철 스님이 속가의 어머니를 잘 대접해 모실 것을 요청했고, 대중들의 간곡한 뜻이어서 성철 스님도 따르기로 했다.

그리하여 성철 스님은 어머니께서 바라시는 대로 어머니

를 모시고 금강산 구경을 하게 된다. 길상암, 보덕암, 만폭동, 표훈사 그리고 신계사, 옥류동, 구룡폭포 등에 이르는 1주일 동안의 유람이었다. 물론 성철 스님은 속가 어머니와의 짧은 해후를 뒤로하고 정진에 정진을 거듭해서 다음해 동화사 금당선원에서 오동송을 읊었다.

> 황하수 곤륜산 정상으로 거꾸로 흐르니
> 해와 달은 빛을 잃고 땅은 꺼지는도다.
> 문득 한 번 웃고 머리를 돌려 서니
> 청산은 예대로 흰 구름 속에 섰네.

이 깨달음의 게송을 일갈하고, 스님은 장좌불와 수행을 시작했다. 어쨌든 당시 금강산 마하연은 전국의 스님들이 용맹정진을 위해 찾아들던 뜨거운 수행처였으니, 금강산의 다른 명소보다도 마하연이 있던 공간에 한번쯤 발을 들여놓고 싶은 기대가 내게도 생겨났다.

이와 같고
저와 같다

'설악의 큰 별'이신 설악당雪嶽堂 무산霧山 스님께서 입적하
셨다. 대중들에겐 오현 스님으로 널리 알려져 있다. 우리 시
대의 마지막 무애도인으로 칭송되던 스님의 영결식에 다녀
왔다. 스님의 영결식에는 많은 분들이 참석했다. 무산 스님의
오랜 도반인 정휴 스님은 스님의 행장行狀을 소개했고, "스님
이 남긴 공적은 수미산처럼 높고, 항하의 모래처럼 많지만,
정작 스님께서는 그 공덕을 한 번도 드러내지 않음으로써 수
행자의 하심을 보여주셨습니다"라며 무산 스님의 인품을 찬
탄했다.

영결식이 끝난 후 신흥사 일주문까지 스님의 법구를 이운
했다. 700여 개의 만장, 위패, 영정을 앞세운 장엄한 행렬이
었다. 나도 만장을 들고 이운행렬을 따라갔다. 다비식은 건봉
사 연화대에서 치러졌다. 법구를 불에 태워 유골을 거두는 불
교식 장례 의식에 따라 엄수됐다. 캄캄해졌을 때에 이르러 불
길이 사그라지고 습골이 이뤄졌다.

나는 스님과 각별한 인연이 있다. 스님은 조급해하는 나의
마음을 늦추어주셨고, 비좁고 인색한 나의 마음을 넓혀주셨

다. 언젠가 스님은 내게 "잘못되었다고 생각 말아라. 잘못된 게 오히려 복이야. 섭섭한 생각을 말아라. 일이 될 수도 있고 안 될 수도 있는 거야. 사는 일은 남 비위 맞추는 것이야. 그걸 제일로 잘한 분이 부처님이야. 그 이상 그 이하도 없다. 인생은 이와 같고 저와 같은 것이야"라고 이르셨다. 나는 이 말씀을 마음속에 간직해 소홀히 하지 않고 있다.

스님은 세연을 마치기 달포 전에 시자를 불러 열반송을 남기셨다. "천방지축天方地軸 기고만장氣高萬丈 허장성세虛張聲勢로 살다 보니 온몸에 털이 나고 이마에 뿔이 돋는구나 억!" 이 열반송을 접하면서 나는 스님께서 시집 《아득한 성자》를 펴내면서 쓴 글이 생각났다. "지금껏 씨떠버린 말 그 모두 허튼 소리/ 비로소 입 여는 거다, 흙도 돌도 밟지 말게/ 이 몸은 놋쇠를 먹고 화탕火湯 속에 있도다" 지극히 당신의 지위를 낮춘 이 말씀에는 하심이 있고, 또 우리 사는 이 삶이 욕망을 떨쳐내기 매우 어려우니 경계해야 한다는 가르침이 들어 있다. 스님은 당신을 소개하실 적에도 매우 겸손하셨다. 어느 책에서는 당신에 대한 소개를 "백담사에 머물면서 눈이 멀어 물소리만 듣고 산다"라고 쓰셨다.

스님의 생전 법문은 소박하다면 소박했고, 파격이라면 파격이었다. 스님은 백담사에서 동안거 해제 법문을 통해 "중생이 없으면 부처도 깨달음도 없습니다. 그러므로 중생의 아픔을 내 아픔으로 받아들이면, 몸에 힘을 다 빼고 중생을 바라보면, 손발톱이 흐물흐물 다 물러 빠지면 중생의 아픔이 내 아픔이 됩니다"라고 일갈하셨다. 또 하안거 해제 법문에서는 운집한 대중들을 향해 "나는 대중 여러분 한 번 바라보고 대중 여러분들은 나 한 번 바라보면, 나는 내가 할 말을 다했고, 여러분들은 오늘 들을 말을 다 들은 것입니다. 날씨도 덥고 하니 서로 한 번 마주보고 그랬으면 할 말 다하고 들은 말은 다 들은 것입니다. 오늘 법문은 이게 끝입니다"라며 법석에서 내려오셨다.

스님은 떠나셨지만 몸소 보여주셨던 가르침은 오래 기억될 것이다.

발밑에 있는
옛길을 모르고 헤매었네

우리가 매일매일 만나는 일상은 별반 새로울 게 없어 보인다. 그러나 어떤 생각을 갖느냐에 따라 우리의 일상에서도 보석과도 같은 숨겨진 가치들을 발견할 수 있다. 일본의 신경정신과 전문의 사이토 시게타는 자신의 소중한 본래의 가치를 발견할 수 있는 방법들을 제안한다. '못하는 일은 하지 마라' '마음의 다이어트를 하라' '과거에 대한 미련을 버려라' '답답한 마음을 술로 해결하려고 하지 말라' '세상에서 버림받기 전에 지위를 버려라' '자신에게 어울리지 않는 것은 하지 마라' '지나치게 치장하지 말라' '무리하지 마라' 등이 그것이다.

전 세계적으로 인기를 얻고 있는 북유럽의 예술과 디자인의 경우를 생각해본다. 덴마크는 조명과 의자 등의 생활품 디자인이 소비자들로부터 많은 사랑을 받고 있다. 덴마크의 예술과 생활품의 디자인이 실현하고 있는 가치는 '휘게Hygge'다. 덴마크어인 휘게가 뜻하는 것은 편안함, 따뜻함, 아늑함, 안락함이다. 이는 함께 안전하고도 안온하게 머무는 느낌, 좋은 사람끼리 신뢰하며 주고받는 느낌을 말한다. 그래서 이 휘게라는 용어는 슬로푸드, 벽난로, 양초, 자연스러운 조명, 담요 등과 단짝을 이룬다.

덴마크뿐만 아니라 북유럽의 예술과 디자인이 그들의 생활 속에서 발견한 가치는 인간, 평등, 신뢰, 자연, 미니멀리즘이었다. 그들의 삶은 느리고 소박하고 단순하지만 행복을 만들어낸다. 특히 실내에서 오랜 시간을 지내는 사람들을 위해 다양한 천연의 색깔과 부드러운 곡선을 활용함으로써 자연의 생기를 생활품의 디자인과 색채에 적용한다.

그런데 이러한 발견의 행위는 그냥 쉽게 이뤄지지는 않는다. 그것은 유심하게 마음을 사용하고, 여러 차례에 걸쳐 반복적으로 경험이 쌓이고 쌓일 때 어느 날 문득 발견된다.

우리의 본래 모습에 대한 새로운 자각도 하나의 발견이라고 할 수 있다. 선시에 이런 시구가 있다. "보라, 발밑에 옛길은 분명하거니와/ 나 스스로 그것을 모르고 이곳저곳 헤매었네."

우리의 내면에 가진 사랑, 이해, 연민, 순수, 정직 등과 같은 됨됨이를 발견해야 하겠다. 마치 먼지 닦으면 보석이 드러나듯이 우리의 본래 성품의 빛남을 발견해야 하겠다.

이 책에 나오는 작품들

《그늘의 발달》, 〈저 저녁연기는〉, 문태준, 문학과지성사

《자두나무 정류장》, 〈자두나무 정류장〉, 박성우, 창비

《우리들의 마지막 얼굴》, 〈시월〉〈정류장에서〉, 문태준, 창비

〈바람〉, 이승훈

《그림자에 불타다》, 〈이게 무슨 시간입니까〉, 정현종, 문학과지성사

《충만의 힘》, 〈알스트로메리아〉, 파블로 네루다, 정현종 옮김, 문학동네

《질문의 책》, 〈1〉, 파블로 네루다, 정현종 옮김, 문학동네

《몽골 현대시선집》, 〈어머니는 솥에 태양을 쏟아 부으신다〉, 쩨. 사롤보잉 외
　　공저, 이안나 옮김, 문학과지성사

《모든 경계에는 꽃이 핀다》, 〈어머니2-읍천항에서〉, 함민복, 창비

《생각하기 전에 시작하는 습관》, 마스노 슌묘, 장은주 옮김, 위즈덤하우스

《몰입의 즐거움》, 미하이 칙센트미하이, 이희재 옮김, 해냄

《나뭇잎이 나를 잎사귀라 생각할 때까지》, 〈새마다 하늘〉, 롭상도르찌
　　올지터그스, 이안나 옮김, 자음과모음

《누군가 말해 달라 이 생의 비밀》, 〈꽃의 눈에는 세상이 모두 꽃이다〉,
　　두르가 랄 쉬레스타, 유정이 옮김, 문학의숲

《북치는 소년》, 〈어부〉, 김종삼, 민음사

《연애 間》, 이하석, 문학과지성사

《오직 독서뿐》, 정민, 김영사

《그때 말할걸 그랬어》, 소피 블래콜, 최세희 옮김, arte

《백년의 시간, 천 개의 꽃송이》, 〈어머니, 내 어머니〉, 에스마일 셔루디 외 공저,
최인화 옮김, 문학세계사

《이란-페르시아 바람의 길을 걷다》, 김중식, 문학세계사

〈범종〉, 조지훈

《거기 그런 사람이 살았다고》, 〈소의 배 속에서〉, 송진권, 걷는사람

《삶이 너에게 해답을 가져다줄 것이다》, 〈농부와 시인〉, 김용택, 마음의숲

《관계의 99%는 소통이다》, 이현주, 메이트북스

〈내가 재벌이라면〉, 김종삼

《내 입에서 당신의 뺨까지》, 〈사랑〉, 안토니오 가모네다, 문학의숲

《마음에 따르지 말고 마음의 주인이 되어라》, 법정, 박성직 엮음, 책읽는섬

《네루다 시선》, 〈수박을 기리는 노래〉, 파블로 네루다, 정현종 옮김, 민음사

《그리운 여우》, 〈사랑〉, 안도현, 창비

《박영근 전집 1 : 시》, 〈절정〉, 박영근, 박영근전집 간행위원회 엮음, 실천문학사

《어쩌다 침착하게 예쁜 한국어》, 〈여름 플라타너스〉, 고운기, 문학수첩

《풀》, 〈가을길〉, 김종해, 문학세계사

《유심》, 〈원로시인의 안부를 묻다〉, 2014년 11월호

《이형기 시전집》, 〈나무〉, 이형기, 한국문연

〈너에게〉, 신동엽

《성철 평전》, 김택근, 원택 스님 감수, 모과나무

《카비르의 노래》, 카비르, 이현주 옮김, 삼인

《달라이 라마, 명상을 말하다》, 달라이 라마, 제프리 홉킨스 엮음, 이종복 옮김,
　담앤북스

《물 흐르고 꽃은 피네》, 금강 스님, 불광출판사

《미니멀리스트 붓다의 정리법》, 레기나 퇴터 지음, 장혜경 옮김, 생각의날개

《일상을 심플하게》, 마스노 슌묘, 장은주 옮김, 나무생각

《당신은 무엇을 먹고 사십니까》, 선재 스님, 불광출판사

《성철 스님 시봉이야기》, 원택 스님, 장경각